CW00552081

ANNÉE BLANCHE

Paru dans Le Livre de Poche :

DU CÔTÉ DES HOMMES

ENFANTINE

MARIE ROUANET

Année blanche

ALBIN MICHEL

Des années extraordinaires, il y en a eu un certain nombre dans ma vie. Je veux dire : une suite de jours denses, pesants comme des lingots de plomb ou d'or, comme ces coquillages graciles et légers, incroyablement lourds dans le creux de la main lorsque le temps les a pétrifiés. On peut dire alors de ces périodes intenses : « C'était l'année des terribles tempêtes d'équinoxe... », « C'est quand la Loire a gelé... », « Quand nous fîmes des photos la fois de la grande neige », « C'est l'été où la petite fille a failli mourir... », « C'est l'année où les aiglons sont nés jumeaux. »

Pendant les grandes tempêtes, sur toute la côte languedocienne, les gens se pressaient pour assister au spectacle des vagues que leur violence projetait à plusieurs mètres à la verticale, de cette mousse beige qui courait, poussée par le vent, jusque dans les rues du port de Valras et que nous recevions sur le visage et les mains, pleine de grains de sable, légère et salée. Sur des monceaux de bois flottés, des poissons nombreux et vivants encore s'offraient aux ramasseurs – on ne saurait dire aux pêcheurs. Il y avait des seiches. Parfois perchées sur les troncs roulés à blanc, elles s'épuisaient en une respiration rauque, presque un sanglot. Avant de les consommer, il fallait les laver longuement de leur sable, de même que les melettes argentées. Nous allâmes jusqu'à l'embouchure de l'Aude ; elle était aussi poissonneuse que celle de l'Orb. Au loin, à travers un air laiteux tout éclairé de soleil diffus, un cargo s'était échoué dans les eaux peu profondes. Il lâchait des ballots et des ballots de je ne sais quelle matière d'emballage ou de bourrage. Certains, dispersés au milieu des détritus, répandaient un contenu aussi pâle que le jour, vague, impossible à définir, comme si le ventre du bateau au loin, immobile, à peine noir, s'écoulait interminablement.

Les éléments échevelés qui me viennent aux sens lorsque je pense à cette année-là, la brume de mer fantomatique, ne sont que le cadre de ce que j'éprouvais. J'étais dans le plus grand désordre du corps. J'avais la fièvre. Je portais,

8

sans le savoir, un embryon mort et l'expulsai à quelques jours de là. Quand le médecin fouilla cette chair pleine de sang à la recherche de je ne sais quel indice, en détaillant : « ... colonne vertébrale... », « ... membre inférieur », puis demanda : « Voulez-vous savoir s'il s'agissait d'un garçon ou d'une fille ? », je m'évanouis et tombai dans une bienheureuse nuit sans étoiles.

L'année de la Loire gelée, qui se situe avant celle des tempêtes marines – mais la chronologie de ces époques rares importe peu –, il avait fait un froid exceptionnel. J'habitais alors une petite ville au bord du fleuve mais c'était partout que le froid sévissait. A Sète, nous écrivaient nos amis, il était possible de prendre entre les mains les oiseaux de mer engourdis et sous-alimentés, même les grands goélands d'habitude insaisissables. Ma mère, dans ses lettres, me racontait la glace aux vitres, le matin – « Il y a longtemps que je n'avais plus vu ces éventails, depuis que tu étais petite » –, et je me souvenais de ces broderies dont je me demandais pourquoi elles suivaient d'incompréhensibles arabesques, si fragiles que mon souffle les faisait fondre dans l'instant.

Un soir, quelqu'un nous avertit que la Loire « charriait » et qu'il ne fallait pas manquer le spectacle. A nuit noire nous allâmes jusqu'au milieu du pont. Sous les arches, les oies sauvages, un moment au repos, cacardaient. La nuit était un four inverse à ne plus sentir ses oreilles. Le courant du fleuve emportait à une vitesse vertigineuse d'énormes morceaux de glace ronds, tourbillonnants, qui heurtaient les piles avec des sons de cloches géantes. Ces nénuphars démesurés s'entrechoquaient, se bousculaient vers l'aval, brillaient dans la nuit illuminée d'étoiles. Je n'ai vu cela qu'une fois. Pourtant, la beauté du spectacle, l'intensité du froid dans tous les points de mon corps, les chocs inquiétants contre les assises du pont, je les aurais peut-être oubliés, peut-être se seraient-ils affadis s'il n'y avait eu bien plus fort pour donner des coups de bélier au cœur : enfant dont il m'était impossible de me séparer – partir travailler à Nantes était un déchirement quotidien. Sur ce pont, au-dessus de l'eau qui malgré sa violence était en train de s'immobiliser – il y aurait de plus en plus de galaxies de glace et au moment où, prises les unes dans les autres, elles n'avanceraient plus, le vacarme cesserait, un silence blanc s'installerait –, depuis ce pont je croyais voir l'enfant précipité dans l'eau, j'avais peur pour lui pourtant à l'abri dans la maison. La seule pensée que ce corps si aimé pourrait disparaître dans la furie de l'eau glacée m'était intolérable.

L'amour avait fondu sur moi, six mois auparavant, au zénith du jour lorsque j'avais découvert ce fils entre mes bras. Pendant longtemps, je ne sus donner le nom d'amour à ce sentiment si neuf, arrivé comme un coup de couteau dont j'étais béante sans que les jours pussent atténuer cette blessure de ferveur. Depuis, rien d'autre ne comptait. Le reste de l'univers, mon passé, ma famille, mon mariage même, mes amis s'éloignaient jusqu'à disparaître. Le cataclysme survenu avec ces quelques kilos de chair était si violent et inattendu que je le regardais m'envahir sans rien faire, sans pouvoir ni vouloir en parler. C'était comme un grand secret de lumière. Je ne connais pas le Sahara, mais chaque fois qu'on l'a évoqué devant moi, l'image m'est venue de « l'année où la Loire a gelé ». Une année de bien plus de douze mois puisque ce fut seulement l'été des deux ans de mon fils que je recommençai à m'intéresser aux autres.

Dès le lendemain, le fleuve était figé. Hier vert, il était devenu un immobile chemin blanc. Temps rare parmi les temps rares.

Il en est de même de « la grande neige » tombée dès le 1er novembre sur les platanes encore feuillus. Assise avec mon second fils près de la fenêtre, dans le noir, car l'électricité venait de nous abandonner, nous écoutions craquer les branches puis nous entendions le bruit de leur chute sur le ciment de la place. C'était le dernier temps de son enfance. Depuis plusieurs années je comptais : plus que quatre, plus que trois, plus que deux, plus qu'une. L'aîné était déjà en faculté. Ce qui avait formé pendant une sorte d'éternité les pôles de ma vie : promenades, vacances, jeux, herbier, devoirs, soir qui rassemble, allait se défaire de la façon la plus légitime et la plus douloureuse – quoi, déjà ? C'est sûr, je me doutais qu'autre chose allait se construire, mais c'était une idée très pâle à côté de ce qui fuyait. Dans l'après-midi nous étions allés ensemble voir *Shining* et nous avions eu la surprise, en sortant, d'entrer dans une tempête de neige comme celle du film. Quelques années plus tard, avec une neige semblable et une semblable panne d'électricité j'attendais, derrière la vitre, son arrivée. J'ignorais où il était. Je tremblais. Le passage annoncé avait eu lieu et je me retrouvais dans la salle du festin où il ne restait que des miettes. Devant le temps désormais vide.

L'année des aiglons jumeaux est une mémoire plus douce, moins ancrée sur des zones d'ombre. Grimper sur des parois abruptes, descendre en rappel vers l'aire, suspendue au-dessus du vide, ce dont je n'avais pas l'habitude, attendre sous des abris camouflés de branchages que l'aigle fonce sur le lapin attaché – mais auquel un jeu d'émerillons permettait de se déplacer –, découvrir les aiglons revêtus d'un duvet frisé d'une douceur de soie, les baguer, furent des surprises un peu magiques parfaitement conformes à l'exaltation d'une amourette sans importance. Des grâces en plus, sur ce qui n'était en rien de l'amour. Ce que je vivais avec l'oiseleur qui me fit ce cadeau de l'aigle et de son exceptionnelle nichée – deux poussins alors que, depuis des années, le couple n'en élevait qu'un – était sans prise sur l'essentiel de ma vie. Il s'agissait d'une joie des sens à laquelle l'escalade sauvage ajoutait une note agreste, qui empêchait le sexe de n'être que le sexe, le justifiait par l'aventure innocente du baguage des oiseaux, lui donnait une beauté et me permettait d'en parler devant tous en faisant surgir en filigrane, mais invisible, le secret bien gardé du lit aux draps usés où je retrouvais l'oiseleur et le plaisir. C'est pourquoi je puis parler sereinement, sans que l'ombre ou l'aveuglante clarté ne me submergent, de l'année des aiglons jumeaux.

L'été où faillit mourir la petite fille de trois ans était un été de canicule. Lorsque mon fils aîné – celui de la Loire gelée – nous amena, pour quelques jours de vacances, la petite Iris et son frère aîné, ces enfants « ne nous étaient rien » comme l'on dit. Ils étaient seulement ceux de la femme qu'il avait choisie.

La première chose que nous fîmes fut d'acheter deux lapins. Porter des épluchures, de l'herbe, des croûtons à ces bêtes douces est une réjouissance d'enfants. Ils étaient deux, son frère, un garçon de six ans, et la petite Iris, presque un bébé.

En me confiant Iris, sa mère me dit : « Elle boit beaucoup et elle urine beaucoup. » C'était dit comme un renseignement et non comme une inquiétude. Il faisait si chaud et on recommandait tellement de faire boire les petits et les vieillards. Cela ne me fit pas réagir alors que, lorsque j'étais enfant et réclamais à boire – toujours trop aux yeux des adultes –, combien de fois n'avais-je pas entendu : « Pas possible, cette petite est diabétique. » Cela, pourtant, je ne m'en souvins qu'après.

Les enfants étaient là et j'aimais leur présence.

Renouer avec les jeux, l'organisation des jours spécifique à l'enfant petit, retrouver la sieste, les crayons-feutres, leur sommeil dont la grâce m'éblouit toujours, leur menue respiration nocturne, le bonheur de les sentir présents et non ailleurs comme mes fils lorsque je me réveillais dans le noir de la nuit, porter à manger aux lapins, tout cela rendit les jours très doux et je le goûtais à chaque instant. La petite fille était vive mais tombait par moments dans une sorte de léthargie. Je pensais qu'elle languissait un peu, en réalité elle commençait un diabète. Tout le monde encore l'ignorait. Lorsque nous l'amenâmes chez le médecin, ce fut immédiatement pour partir aux urgences de l'hôpital. La petite Iris, déshydratée, glissait doucement vers la mort.

On me fit attendre devant le bloc. J'entendais hurler l'enfant que l'on n'arrêtait pas de piquer pour trouver les veines presque invisibles afin de placer la perfusion d'insuline. Des cris qui me déchiraient mais moins que les silences où j'imaginais le pire. Dehors, c'était le grand soleil immobile d'août.

Enfin, on me permit d'entrer. Elle parlait d'une voix saccadée, son joli pépiement d'oiseau haché par le rythme du cœur qui battait à toute vitesse. Je lui dis que j'allais lui apporter le chat gris, un chartreux de trois semaines que je l'empêchais de trop toucher à cause de la chatte qui avait la griffe rapide. « Mais, dit Iris, si tu me l'amènes, sa maman va pleurer. » J'aurais volontiers sacrifié le chaton à cette petite fille allongée, perfusée, reliée à de multiples machines, surtout celle où je voyais battre follement le cœur emballé.

Les parents arrivèrent et, à partir de là, ma mémoire est confuse. Il fait une chaleur torride. L'hélicoptère s'envole dans le ciel vers Toulouse. L'univers est vide.

Le soir, quand enfin tombe un peu de fraîcheur, au moment où je range ses vêtements, où je tiens dans mes mains deux petites pantoufles ornées d'une tête de chat – je les lui ai achetées un jour où je voulais la sortir de son abattement –, je me mets à sangloter. Je ne puis m'arrêter. Je pleure et pleure jusqu'au bout du crépuscule. Et c'est comme une naissance. Dans l'angoisse et les larmes, cette enfant vient de naître à mon amour.

Ainsi, dans ma vie, des temps intenses ponctuent la suite des jours au point de marquer mon histoire mieux que les millésimes. Lorsque l'on écrit une biographie, et sa propre biographie, on cherche des dates dites importantes. Naissance, réussite aux examens, mariage, métier. On ne peut se décoller des chiffres. Un certain général Miquel, baron d'Empire qui devait remplir ses états de service, négligea toutes les rubriques des batailles, citations et étapes de sa carrière. Sur papier libre, en des pages étonnantes, il parla de sa vie jusqu'à onze ans et raconta une quarantaine de jeux. « Voilà, dit-il, de quoi j'ai été construit ; voilà ma vraie biographie. »

Car nous avançons par spasmes et tremblements souvent invisibles et toujours inracontables. Il y en a eu, pour moi, d'autres que ceux dont je viens de parler. Les gens qui m'entouraient et m'aimaient ne les ont pas forcément remarqués. Ils sont passés à côté de ces cratères sans soupçonner leur existence. Il y a une certaine colonie de vacances, une commémoration de Victor Hugo – et la douleur n'avait rien à voir avec l'œuvre du poète –, les répétitions et les représentations d'un ballet où avec quelques autres je figurais, dans de grands cadres dorés dont nous sortions pour des duetti ou des soli, une danseuse de Degas. Je sens autour de mon cou le ruban de velours noir dont les pans tombaient entre mes omoplates. Je me vois – méconnaissable – pour la générale quand je sortis des mains de la maquilleuse. Il y a aussi le temps, plusieurs années, où dura mon déchirant premier amour.

Mais l'année extraordinaire dont je veux parler, à laquelle, en moi, je donne le nom d'année blanche, est unique et dépasse toutes les autres. J'en suis sortie moulue mais aussi aiguisée, neuve et fragile.

Au cœur du froid, en janvier, vinrent comme en annonce – mais ce n'est qu'après que l'on voit les annonces – la floraison précoce des amandiers et vers le 15 du mois la première asperge sauvage, pâle et courte il est vrai, mais venue au jour.

En ces temps du tout début de l'an où l'on entre d'habitude dans des jours froids mais clairs, ce qui avait dominé était la pluie. Un jour doré se glissait parfois entre les jours humides mais rien, ni les sous-bois ni les chemins, n'avait le temps de sécher, car inexorablement revenait la pluie, brutale et persistante. Quelques gelées avaient marqué les matins mais de peu d'ampleur, aussi épisodiques que les jours suaves. De rares aubes blanches, de rares jours de soleil.

Ce temps humide, inhabituellement doux, donnait aux prés une couleur printanière. Les herbages n'avaient jamais été si hauts et leur verdure si éclatante. Un vert brillant apparaissait entre les branches défeuillées. La poussée des orges et des blés noyait déjà les stries des semailles qui, hier encore, rayaient la terre rouge des labours.

Les hérons n'arrêtaient pas de monter dans les champs très loin de la rivière, où ils trouvaient divers escargots et de petits rongeurs affaiblis par le mauvais temps. Partout, jusque dans la gamelle des chiens, grouillaient les limaces et, au matin, j'en découvrais une incroyable quantité noyées par les averses. Sur la route nous rencontrions, pataudes, de grosses

salamandres aux taches jaunes ou orange, parfois écrasées. Elles restaient longtemps au sol, de
plus en plus minces jusqu'à devenir des décal-
comanies.

Et cette douceur. Ces chiens mouillés et les
traces de boue à leurs pattes et sur leur pelage.

Et voilà qu'en mai la mort nous frôla, imprévisible, cachée dans le printemps précoce et
toujours pluvieux.

Son cœur s'arrête, au volant, sur la route. Ce
n'était qu'un prélude aux mois à venir.

En elle-même, cette pile que l'on sentait
maintenant sous la peau douce n'était rien de
grave mais elle marquait visible et palpable cette
fragilité dont on tient la pensée loin de soi,
comme si la mort n'existait pas, ne siégeait pas
en nous, en marche déjà, dans un coin sournoi-
sement atteint, dans une veine qui devient fine,
fine et se rompra, une granule pas plus grosse
qu'un grain de riz qui va emballer sa croissance,
envahir l'espace, le volume imparti à l'être, déli-
mité, où les ravages vont se produire, envahir le
lieu – ou le temps ? – indéterminable que nous
percevons plus nôtre encore que le corps : nous,
avec nos orages et nos rêves, l'obstination à
avancer, la joie amoureuse éphémère capable de

sauver de tout et qui fait serrer les dents, oblige, un pas après l'autre, à aller contre tempêtes, prédateurs et douleurs, pareils à ces chardonnerets au nid jeté à terre – cette perfection ronde, tressée de mousse où les oisillons étaient morts – et qui recommencent à bâtir et à nicher. Eux si petits, aux ailes infatigables. Infatigables, nous aussi.

Immergés depuis la naissance dans la matière toujours terriblement rugueuse, nos corps, entourés de cette mince pellicule de peau qui les cerne, infranchissable, s'usent jusqu'à la mort. Nous nous arrêtons là sans pouvoir franchir la frontière. L'étreinte amoureuse s'y efforce, mais tout ce qui n'est pas nous reste inatteignable. La chair s'y épuise et aussi l'esprit. Rien ne saurait me faire pénétrer ni dans le roc ou l'aubier de l'arbre, ni dans la chair de l'autre. Chaque fois que j'ai aimé avec violence j'ai désiré me fondre dans le foie, dans les glandes secrètes de l'aimé, m'y loger et attendre je ne sais quoi d'ineffable. Je ne puis qu'approcher mon regard, ce qui ne diminue pas tellement la distance et m'érode et me défait. Peut-être son cœur ne recevait-il plus l'impulsion nerveuse parce qu'il refusait de continuer l'épuisante usure.

A cette époque, je tendis la main, dans une maison de la presse, vers un numéro de revue consacré au temps. Ce ne put être hasardeux. Ce que je vivais dans son corps, n'était-ce pas justement le temps ?

Dans cette revue, je lus avec soulagement que le temps – c'était une hypothèse soutenable – pouvait être circulaire. J'aimai cette idée qu'avancer vers le futur pût signifier retourner vers le passé et que ce que je croyais être la cause fût l'effet.

L'été se déroula et il fallait maintenant compter avec ce cœur que l'on obligeait à battre avec l'usine miniaturisée placée sous l'épaule.

Le temps devenait autre, plus présent que le présent, niant passé et futur, installé à chaque seconde dans ce battement auquel, hier, je ne pensais pas et qui, maintenant, emplissait le monde. Je le voyais, ce cœur rutilant dans la cage des côtes, ressuscité soixante fois par minute, je voyais le fil qui le reliait à la pile, dont il disait sentir le chemin comme un baudrier en travers de sa poitrine. Souvent, sans rien dire, il passait la main de la clavicule droite au sein gauche.

Cet été-là fut celui où la petite Iris passa le

seuil brûlant qui sépare l'enfance, non pas pré-
cisément de l'adolescence mais d'une zone où
brutalement, presque du jour au lendemain, ce
qui passionnait n'excite plus, n'existe plus. Il
faudrait du temps avant que ne s'installent en
elle les nouvelles joies de l'esprit et du corps.

L'été précédent, Iris avait encore fait équipe
avec son frère cadet. Ils avaient partagé ce que
je savais encore donner. Mais depuis le jour de
la grande neige où craquaient les branches feuil-
lues, ne savais-je pas que les temps étaient
comptés de ce qu'il restait d'enfance ?

Alors, j'avais noté tout ce que nous avions fait
cet été-là. Je ne songeais pas à retarder le passage,
c'était vain, mais je songeais à cette phrase que
disent les grands-parents, ici, comme une bou-
tade pleine de mélancolie : « Je vais te mettre
une pierre sur la tête. »

Ce qui mute laisse désemparé. On a beau
s'attendre à l'éclosion – longtemps en espé-
rance – de ce corps de femme, la transformation
laisse déserté. Les gestes que l'on fera, les mots
que l'on dira ne pourront rien pour ou contre
ce qui se joue. Mais, savoir ne m'aidait guère.

Cet été-là, entre sa poitrine qu'il parcourait
d'une main inquiète, les intempéries qui en

23

faisaient un été pourri et la fillette qui s'éloignait sur l'autre rive, l'avancée fut âpre. La liste des bonheurs de l'année précédente m'habitait, cuisante mémoire.

Je me débattais comme je pouvais. Une de mes amies de jeunesse entrée au couvent m'avait un jour envoyé une image pieuse au dos de laquelle elle avait écrit : « La vie est comme l'eau de mer, agitée, désagréable à boire, mais elle porte ceux qui remuent. » J'en avais fait grand profit et cet été-là, en effet, je me remuais ou, plutôt, je remuais en moi des strates oubliées.

Je revenais en arrière vers cette année de la fin de l'enfance où j'avais fait l'éblouissante rencontre de l'amour. Ma mère, trouvant quelques phrases que j'avais écrites, peut-être le début d'une lettre enflammée, m'avait demandé, sévère et inquisitrice, quel était « cet amour immodéré ». Je fus si choquée de cette intrusion dans mes secrets que je vois toujours l'endroit de la cuisine où elle me posa cette question. Je ne sais ce que je répondis mais ce dont j'étais certaine c'est qu'elle était la seule personne à laquelle je n'aurais jamais parlé de ce feu qui transformait ma vie, mieux, la transfigurait, avait substitué, totalement, aux joies ludiques les sombres émois du corps et du cœur.

Peut-être Iris vivait-elle quelque chose de semblable – je n'étais guère plus âgée quand *cela* m'était arrivé. Malgré tout ce que je soupçonnais, la douleur était présente de voir la fillette entrer dans une zone où je ne la rejoindrais pas. Il y avait aussi, égoïste, le regret de ce qui m'était arraché, ce retour rajeunissant à l'enfance de mes fils.

Il m'était impossible de regarder sans larmes la liste des bonheurs d'hier qui, pour elle, étaient devenus dérisoires alors qu'ils me restaient si précieux. Me raisonner n'y changeait rien.

Et je lisais : fête et baignade à Pareloup. A cette fête on avait maquillé le frère et la sœur, entièrement, d'argent, d'or et de bleu. Ils étaient pailletés comme des poupées de tir et n'avaient consenti à se laver que lorsque les poudres, en tombant, en s'écoulant comme de vieux crépis, avaient irrité leurs yeux. Cette peinture qui quittait ton front, Iris, c'était celle-là même du velours de l'enfance en train de fuir, brillant et dans le rire.

Descendre à la ville par les crêtes. Promenade des dolmens – nous nous étions encore maquillés, cette fois de la fine argile ocre rose trouvée sur le chemin. Drulhe et ses soixante hectares de bois et de prés pentus. C'était au couchant. Le serein tombait car Drulhe est à sept cents mètres. Les enfants avançaient, plaqués au sol, et le cerf leur faisait face, son énorme ramure portée haut tandis que s'éloignaient les femelles et que les faons couraient à toute vitesse à travers la combe pour se précipiter vers le ventre maternel. Une lumière dorée, rasante, éclairait la suavité de l'heure, une pleine enfance que rien encore n'était venu entamer.

Jeux de piste. Depuis qu'ils étaient en âge de lire, nous organisions une ou deux fois par saison ce grand jeu où intervenaient des adultes complaisants des fermes voisines, les cabanes abandonnées, mon époux caché dans l'une d'elles qui faisait grand bruit et presque vraie peur, les ruisseaux et les baignoires à sangliers. Message à trois pas, entrez dans l'eau sans vous mouiller, ramassez quatre feuilles d'arbres différents, chantez une chanson, comment délivrer la princesse, se protéger du siren qui loge dans la fontaine, tout un arsenal de colonie de vacances. A la fin, ils découvraient le trésor de bricoles et le goûter préparé.

Les Malheurs de Sophie, *Nouveaux contes de fées*, lus au réveil, à l'heure de la piqûre d'insuline. Louis n'avait que sept ans. C'est lui qui secouait sa sœur : « Iris ! C'est Sophie » qu'il nommait Fifi. Que comprenaient-ils du style complexe, des mots oubliés, de cet univers de riches châtelains ? Peut-être que suffisaient la beauté du matin, le bain tout à l'heure au « plan d'eau, base de loisirs », la belote corse, petit pois, huit américain, speed, sur les grandes tables sous les peupliers, le restaurant chinois promis pour le soir, après le théâtre dans la tour du château de Montaigut.

Dans la panique de voir cesser cet âge de la vie, j'avais tout noté. Cirque. Diplômes de damoiseaux et damoiselles gagnés dans tous les châteaux de la région. Grotte de Labeil, une des rares à offrir un safari : on nous laissait seuls avec un plan et un casque lumineux dans des boyaux, près d'un cours d'eau souterrain. Il fallait ramper dans le noir, grimper sur des échelles branlantes. Quel enchantement pour eux. Et moi criant leur nom dans la nuit, attendant que les petites voix rassurantes me fondent sur le cœur. Pièces inventées par eux. Représentations organisées avec un public de voisins et d'amis.

Ce dernier été d'Iris, je leur avais appris toutes les figures de ficelle que je connaissais. Des plus simples comme « le bol dans l'assiette » aux plus difficiles à exécuter comme « le papillon » dont on pouvait faire bouger les ailes, ou « la barrière qui s'ouvre » : elle glissait magiquement et n'ouvrait sur rien d'autre que l'air recelant tous les mystères.

L'année d'après, c'était l'effondrement de toutes ces valeurs si bien cotées en Bourse. Un effondrement définitif.

Tout était venu à la fois pour me préparer aux grands événements qui allaient suivre. J'étais une terre hersée, retournée, non tassée encore, prête à accueillir.

Au lieu d'être, comme à l'accoutumée, un printemps interminable, un peu mouillé, un peu frais mais radieux venant mourir tout contre Noël, l'automne, encore, ramena des tempêtes et des pluies torrentueuses. Nous entrâmes, encore une fois, et pour n'en pas sortir, dans les eaux.

Pour dire exactement quand commencèrent les temps rares – ce qui avait précédé n'en était que l'avent et c'est intentionnellement que j'emploie le mot liturgique –, il faut arriver à ces jours où nous partîmes, moi à la fête de Toulon, lui à Fuveau où il présidait un concours de théâtre en provençal.

Il soufflait un mistral assez fort. Quand je partais, le matin, la mer transparente et lisse me ramenait au Cap-d'Agde, quand, en début et en fin de saison, nous nous trempions en tremblant dans des coins à l'abri des falaises. Le soir, je rentrais à Fuveau et, en longeant la côte, je jouissais du crépuscule verdelet des jours de mistral.

J'eus à Toulon de jolies retrouvailles avec Christian Dedet. Déjà c'était remonter le temps jusqu'au seuil de la jeunesse. Nous parlâmes de ce mort entre nous, définitivement immobile.

Je pensais rarement à lui, même si la nuit qui nous séparait était pleine de lumières. Dans son journal, considérablement censuré, qui parut après son décès, il parlait de moi. Il m'appelait « la fille aux yeux très écartés faits pour regarder la mort en face ». Dedet m'apprit, à Toulon, que dans leur correspondance j'étais son « démon », au sens de sa tentation. Car il était marié.

Parler de lui contribua à donner aux jours de Toulon un ton unique, doux et triste, et me remit en mémoire la façon brutale dont j'avais appris sa mort volontaire. Il y avait un beau soleil, la lumière tombait sur la table de la cuisine où j'avais étalé un quotidien pour éplucher des pommes de terre. Mes mains, la pomme de terre nue, l'annonce du décès dans la rubrique nécrologique.

Ces choses me mettaient le cœur aux lèvres mais elles étaient plus douces que le départ d'Iris vers l'autre rive, douces malgré cette pile à laquelle je songeais sans arrêt.

Quand j'arrivais à Fuveau, je me glissais dans un théâtre plein à ras bord, surchauffé, chaleureux. Il s'y joua sans interruption, trois jours durant, des pièces en provençal. La salle était minuscule et vétuste, la scène un peu trop haute, la rampe à l'ancienne. Le gros rideau de toile qui traînait au sol soulevait à chaque ouverture, à chaque fermeture un petit nuage de cette poussière fine des théâtres dont l'odeur ne ressemble à aucune autre. Point n'était besoin de fumigènes, la vieillesse du plateau les créait, gris brouillard et fumée d'herbes. C'était l'odeur des salles de spectacles paroissiales où j'ai connu de si belles joies. Ces scènes sont incommodes mais le public est là à toucher les artistes et on sent sa chaleur. A Fuveau la salle était comble.

Après la journée à Toulon, il était déjà tard quand j'arrivais. Il ne restait plus une seule place de libre dans le théâtre et je m'asseyais sur l'une des trois marches qui descendaient du hall d'entrée vers le parterre. J'étais surélevée et de biais. J'entrevoyais mon époux et son cœur fragile au

31

milieu de la tribune bondée. Je me disais : « Tout va s'effondrer, engloutir le public et le murmure de la langue, si menu dans le bruit du siècle. »

Mais les visages des spectateurs, légèrement renversés en arrière, s'éclairaient aux répliques. Il y avait beaucoup de jeunes sur scène et dans la salle. La langue était encore en vie.

Quand nous rentrions à notre hôtel pour dormir, il avançait en boitant, à tout petits pas. « J'ai mal », répétait-il. Il pensait rhumatismes, je pensais au cœur. Je me disais que, malgré l'aide électrique, il ne battait pas assez fort pour envoyer l'énergie jusqu'au bout du corps. Je le précédais à la réception et le regardais avancer lentement dans le mistral violent et froid.

Le dernier jour, il put à peine arriver jusqu'à la salle où se proclamaient les résultats. On lui avança une chaise sur l'estrade. Il était le seul assis. Lorsqu'il se leva pour prendre la parole, je le trouvai pâle et beau. Est-ce cela vieillir, me disais-je, ce corps qui s'est usé dans tant de batailles perdues et qui crie grâce ?

Nous rentrâmes sous la pluie et encore de la pluie. Elle ne nous quittait pas.

En arrivant chez nous, je ne reconnus plus les bois. Les troncs, ceux des chênes comme ceux des sapins, étaient noirs. Il semblait qu'ils eussent brûlé en notre absence, que de grandes clairières eussent été taillées, vert cru, dans la sombre désolation des écorces. Je ne reconnaissais pas non plus les objets. Il y avait une étonnante nouveauté du monde. Il paraissait en naissance et peut-être l'était-il. Sa beauté, sous la lumière électrique de l'orage, annonçait un cataclysme imminent.

Il se produirait une heure plus tard.

Pour éloigner le froid humide de la maison, pour tenter de réchauffer plus encore que le corps l'âme inquiète, il me dit qu'il allait préparer un feu. De la fenêtre je le guettai. Il avança jusqu'à l'orée du bois où se trouve le bûcher. Trois pas. Arrêt. Trois pas.

Nous ne devions pas allumer ce feu. Pendant plusieurs mois la cheminée resterait froide.

Aux portes de la nuit, quelques poignées de grésil tombèrent en petites billes bondissantes, immaculées.

C'est alors que débuta le temps inouï. Celui qui devait marquer l'année, longuement, chevaucher le millénaire et me mener dans le présent, habitée d'un bonheur qui marchait sur un fil ténu, entre deux éternités.

Les ambulances qui trouent la nuit font surgir des routes mouillées, des arbres dans les cols solitaires, les pare-brise battus d'averses, les secousses du vent, l'hôpital, ce vaisseau qui ne connaît pas la nuit, son odeur à la fois aseptisée et d'une fadeur d'eaux usées, les mêmes couloirs répétés, les perfusions, les machines multiples qui se mettent à clignoter au rythme des organes invisibles, tous ces tuyaux qui apportent la nourriture, les calmants, les antibiotiques, d'autres tuyaux qui évacuent les scories, cette matérialisation de tout ce qui en nous assure ce qui s'appelle la vie, cette sorte d'exposition hors de soi de l'enchevêtrement intérieur, il allait falloir vivre avec, dans la chambre organisée pour la maladie – fauteuil relax, palan pour soulever le corps, lit montant, descendant, s'inclinant, tablette escamotable, boutons multiples pour les volets, la lumière, les appels.

La chambre se trouvait au dernier étage du bâtiment. Le sifflement du vent aux arêtes des toits ne cessa de m'accompagner, et aux vitres les gifles de la pluie inexorable.

La clinique était démesurée, sans grâce, dans ce village que la proximité d'une grande ville universitaire rendait prospère, et la clinique plus prospère encore.

Toutes les maisons anciennes avaient été rachetées – un volet bleu doux marquait, au moment de la sieste des malades, l'endormissement de l'heure –, des lotissements de luxe étaient sortis de terre, de grands terrains bien arborés, donnant grâce à l'urbanisme récent. Au bord de la rivière, vive et claire, la petite agglomération était une oasis, tout y était coquet, les ruelles en pente, les jardins, les bords de l'eau.

En arrivant, on ne voyait rien de la clinique démesurée. Elle n'apparaissait que lorsque, en suivant les flèches, l'on se garait. Les quelques places devant les bâtiments n'étaient libres qu'aux heures de nuit et aux rares heures creuses. Il y avait bien un parking mais c'était un champ, non encore goudronné, un vrai bourbier dont bientôt je connus chaque diverticule.

Ce qui frappait, lorsque l'on pénétrait dans la ville, c'était son intense activité commerciale, à tout moment et tous les jours. Des fleuristes, des marchands de primeurs aux fruits irréprochables, un fabricant de chocolats, une friperie, une retoucheuse, plusieurs traiteurs, que sais-je ? Il y avait même un toilettage de chiens – il s'appelait « Too-too-much ».

Le boulanger-pâtissier le plus central ne désemplissait pas. Dès l'aurore, il offrait une montagne de pains spéciaux – aux lardons, au fromage, au potiron, à la farine de maïs, de seigle, de châtaigne ou d'épeautre. Après l'humidité de la rue, c'était brève joie d'entrer chez lui, de sentir ces odeurs de vie émouvoir l'estomac. Il vendait des pâtisseries salées, de grandes quiches débitées à la demande, tout cela doré, appétissant, diminuant à toute vitesse à mesure que s'avançait la matinée. Certains pains briochés, petits et ronds, garnis de fruits confits, étaient épuisés bien avant midi, de même que les roues de tartes ruisselantes de jus sucré. Je mangeais des croissants encore chauds qui se répandaient en miettes délicieuses.

Il y avait aussi, au centre de cette ville, un marchand de coquillages, des restaurants, une librairie. Il ne manquait rien pour rendre visite à un malade, rien non plus pour parer à un séjour forcé comme le mien. La clinique peinte en rose, encore et toujours en travaux, était le moteur de l'économie.

Chez le traiteur de luxe je rencontrais ceux qui venaient acheter un surplus pour ces malades ayant perdu l'appétit. On le comprenait à quelques phrases échangées : « Tu crois que ça lui plaira ? » ou « Ça devrait lui plaire », « Il aimait ça, avant. » J'achetais, en tranches immatérielles pour qu'elles pussent être mâchées sans peine, un jambon italien hors de prix, j'achetais cet encornet pas plus gros que le petit doigt qui se consomme cru mariné – *avant*, il en était gourmand –, j'achetais un cèpe conservé dans l'huile, un seul pour voir s'il allait le manger avec plaisir. Son œil s'éclairait, il avançait une bouche pâle mais n'arrivait jamais au bout de la portion, si petite qu'elle fût.

Certaines des personnes rencontrées chez le pâtissier, je les retrouvais, leurs provisions sur les genoux, assises sur les marches de l'entrée où un auvent protégeait des averses. Exceptionnellement, quand il fit un jour ensoleillé, ces parents ou amis des malades s'assirent sur les bancs installés sous les marronniers le long de la rivière pour manger leur en-cas. Mais ni eux ni moi ne nous aventurions bien loin. Près de la rive, le sol s'enfonçait sous nos pas. Un seul jour, si soleilleux et venteux qu'il fût, ne pouvait sécher la terre détrempée ou venir à bout des flaques des parkings. En avançant sur la pointe des pieds, en les posant avec précaution, en essayant de sauter même, on se maculait de boue.

La gigantesque usine de la souffrance ressemblait assez, par son allure générale et surtout son hall d'entrée, à un hôtel de bonne catégorie mais sans caractère, spécialisé dans les voyages du troisième âge, raide et militaire mais pourvu du confort. Un deux-étoiles sur la Costa Brava.

A certaines heures il semblait qu'un car venait de débarquer. Les gens assis sur les banquettes et les fauteuils, près de l'accueil, souvent des couples, bagages à leurs pieds, avaient l'air d'attendre que l'organisateur distribue les chambres. On les appelait, ils se levaient et prenaient à la main ce que l'on n'avait pas remarqué, les grandes enveloppes contenant les radiographies. Mais quelqu'un traversait, sur un fauteuil roulant, un autre passait portant à la main la perche où était pendue sa perfusion, un autre encore ceinturé d'un drain. On s'avisait alors de la gravité des visages.

Dans l'ascenseur, il fallait souvent se pousser pour faire place à un chariot où un malade était allongé. Il était ailleurs. On avait beau essayer de capter son regard, il ne se posait pas sur le monde vertical des gens en bonne santé. Les malades habitaient un autre jour et une autre nuit que les vrais vivants. Le village animé, dynamisé par la clinique appartenait à un autre temps que le leur. Nous, nous incarnions la vie. Elle commençait dès le seuil. Toutefois ceux qui le franchissaient leur perfusion à la main ne rejoignaient pas le mouvement du monde. Ils étaient tout tournés vers l'intérieur des bâtiments où se jouait leur vie : heures des repas, des soins, du passage des médecins, heure de la radio, du kiné, des températures. Eux n'oubliaient pas. Moi, oui, qui passais ce seuil avec une grande respiration.

Je logeais chez l'un de mes fils. La femme qu'il aimait venait de le quitter. En partant, elle avait vidé la maison, non pas abusivement, elle n'avait emporté que ce qui lui appartenait, c'est-à-dire presque tout ce qui sert au quotidien le plus ordinaire. Quelle femme, à trente ans, ne possède pas son arsenal d'objets utiles ? De la vaisselle, du linge, des meubles indispensables. Il ne restait entre les murs que deux chaises, quelques assiettes et verres, deux casseroles, un divan qui pouvait se transformer en un lit en trois morceaux, véritable épreuve des reins, et dans une autre pièce un matelas à même le sol. Autour de cela, du vide. Le dressing offrait une série de portemanteaux pendus, sans vêtements, une véritable absence. Serrés les uns contre les autres, des vêtements d'homme demeuraient dans un coin.

La grande pièce poutrée où avait été installée

leur chambre résonnait, totalement nue. Il traînait, par terre, quelques journaux périmés et un réveil cassé. La lumière grise tombait des vasistas, couleur de perle froide. Située sous le toit, la chambre vibrait en permanence des rafales.

L'appartement était installé dans les anciens communs d'une grande propriété. La maison de maître entourée d'un parc de sept hectares, repaire d'oiseaux et d'écureuils, abandonné maintenant au petit houx et à l'asparagus, donnait au jardin des enfants un air frais le soir et une humidité verte qui rendait extraordinairement prolifique le jasmin de leur mur. Mais ce jasmin qu'aucune main ne taillait plus empêchait d'ouvrir tout à fait les volets de la porte-fenêtre du rez-de-chaussée et on devait vivre tout le jour à la lumière électrique. Cet espace en jachère, ce petit château auquel rien ne manquait, ni la serre ni le bassin rond, ce lieu de rêve ancien, augmentait la solitude mélancolique de la maison sonore. Nous y rentrions le soir, après la clinique, après avoir mangé quelque part, seulement pour y dormir.

Nous ne parlions pas de ce qui nous déchirait, mais il était là et j'étais là. La nuit, réveillée par les trottinements des mulots, par le cri d'une hulotte, j'allais voir s'il dormait. J'écoutais respirer cet homme qui avait été – là-bas, si loin – un enfant et qui vivait un chagrin d'homme. Je ne pouvais rien pour apaiser la douleur qui s'était abattue sur lui, ce n'était pas en moi qu'il trouverait la solution, ce n'était pas en lui que je trouverais le remède à l'angoisse qui m'habitait. Mais nous nous épaulions, côte à côte. Je le sentais attentif, même dans le silence volontairement posé sur nos déchirures.

C'est bien autre chose que les chagrins d'enfants, me disais-je, pour dans l'instant me souvenir de souffrances enfantines que je n'avais pu apaiser.

Son frère, un mercredi, avait invité un copain. Il avait préparé les jeux, le goûter et, à l'heure dite, il sortit devant la porte pour attendre sa venue. Il faisait aigre, me semble-t-il, ou alors « aigre » correspond bien à ce que j'éprouvais. Le copain ne vint pas. De temps en temps, je jetais un coup d'œil et je voyais cet enfant appuyé au mur, si triste. Plusieurs fois je l'appelai afin qu'il rentre au chaud – je disais au chaud, mais je ne pensais qu'à le serrer dans mes bras pour qu'il oublie. Il refusa longtemps mais vers cinq heures il rentra, gonflé de larmes, et ne voulut pas toucher aux friandises installées sur la table. Il était seul. Non seulement en cet instant mais seul depuis le jour où, coupé de moi, son sang avait commencé sa propre boucle. Rien n'était possible, non plus, pour partager le chagrin d'adulte de celui qui se débattait et tâchait de tenir la tête hors de l'eau.

Mais je compris qu'une présence aimante, seulement aimante, procure, on ne sait comment, au-delà de ce qui saigne, une lumière diffuse qui ressemble à la joie et peut éclairer sans les faire disparaître les ténèbres et le désert. Les ténèbres, la mort qui planait. Le désert, ce qui est pire que la mort. Car il y a pire que la mort, les douleurs inguérissables et les corps mutilés.

La nuit, donc, je m'éveillais. Le chahut, la menue sarabande des rongeurs que le chat ne tenait plus en respect – le beau minet roux était parti avec sa maîtresse – ne m'effrayaient pas. Je montais sous le toit, dans la pièce poutrée, très doucement, car une maison sans meubles a une résonance d'aquarium. De tels échos peuvent parler aussi bien d'emménagement que de départ et je n'aimais pas les réveiller. Je n'allumais qu'arrivée en haut de l'escalier. Dans l'instant c'était le silence, le vide du sol et des murs. Il ne restait que la pluie venteuse, et ces quelques journaux venus d'un temps où douleur et peur n'étaient pas nées. Je redescendais au rez-de-chaussée boire une eau glacée. Là, c'était le bruit des branches du jasmin griffant les volets comme un chat obstiné.

Nous avions dû mettre en pension la grande chienne blanche pour la commodité des allées et venues. Mais, à partir d'un moment, je la gardai près de nous. Elle coucha alors sur un palier entre la pièce où dormait ce fils sur le canapé en trois morceaux et celle où je me tenais, avec le matelas à même le sol. Au cœur de la nuit, la chienne se levait. Le bruit de ses ongles sur la pierre des sols m'éveillait. On entendait tout dans cette sorte de campagne silencieuse. Elle avançait jusqu'à moi, son souffle venait très doux sur mon visage. Elle repartait car elle savait qu'il ne fallait ni me déranger ni se coucher près de moi. Puis elle allait voir son maître et se recouchait. Qu'elle soit dans cette maison, même triste, même consciente de la détresse de celui qu'elle aimait, comprenant confusément qu'il manquait des gens – peut-être les cherchait-elle dans ses visites nocturnes –, m'était précieux. Son poil rude, cette odeur que d'habitude je faisais fuir avec des shampooings et des déodorants « pour pelage », comme je l'aimais. Elle aussi avait sa souffrance. Ces séparations, cette femme qu'elle attendait. Plus affectée que nous peut-être car elle ne comprenait pas et ne ressentait que l'abandon.

Les seules choses qui créaient la maison étaient les radiateurs. Ils découpaient dans la pluie du monde un lieu presque abstrait où revenir le soir, faire sécher les vêtements, où se terrer comme dans une niche.

J'aurais voulu remplir le vide désespérant des pièces, que ces murs abritent autre chose qu'un campement provisoire, que soit garnie cette armoire de la salle de bains dont la profondeur était un trou noir, où quelques serviettes, une bombe à raser, un petit panier à savons à moitié vide avaient l'air suspendus dans l'obscurité. Un peu de linge domestique au moins, deux couettes et deux draps-housses pour faire propres ces lits à même le sol. J'allai errer dans les hyper, les géants de la périphérie.

Je les trouvai tout agités des dépenses de Noël, ornés de fanfreluches d'or et d'argent, pleins d'une foule affairée et joyeuse, un peu ivre d'achats. Dans les chariots s'entassaient des papiers-cadeaux, des boîtes de jeux, des poupées volumineuses, des saumons roses, des chocolats, des guirlandes et des boules décoratives. Il flottait partout tant de paillettes que tous les clients en étaient saupoudrés – joues, cheveux et manteaux –, même moi qui n'étais pas de la fête.

Dans l'un des super-hyper, toute la galerie marchande était occupée par de petits espaces blancs habités par des animaux blancs. Des chevrettes naines dont les berceaux immaculés étaient garnis d'une litière de fausse paille en plastique un peu argenté. Des lièvres des neiges. Des pigeons-paons d'un blanc pur avec un peu de rose aux pattes et au bec. Un mérinos de soie pâle. La nourriture elle-même tendait au blanc, offerte en croquettes à peine beiges.

Les maisonnettes où on les tenait, découpées dans de l'aggloméré, la neige un peu bleue où ils marchaient, où se perdaient les petites crottes noires, incarnaient un rêve d'hiver nordique au centre d'une saison noyée d'eau.

Nulle part de crèche, d'anges, de Gloria sur des banderoles, de *Pax hominibus*, de fond sonore déroulant *Il est né le divin enfant*. Plus de Rois mages. Je cherchai en vain, au milieu des ors factices, une allusion à la Nativité. Sans que je m'en fusse aperçue, Noël avait basculé dans le pluriel « des fêtes », le mot même n'évoquait peut-être plus que le Père Noël.

46

Finalement, je n'achetai rien car l'inanité de tout achat m'apparut avec évidence. La maison du soir où je me réfugiais avec ce fils précieux était à l'image même de ce que nous vivions. Ce n'étaient pas des objets qui y changeraient quelque chose.

Jour après jour, sans les repères habituels auxquels on est accroché plus qu'on ne le croit, sans repères de remplacement, avec des points d'appui infiniment provisoires – ce couloir que j'arrivais à reconnaître, je ne sais comment, tellement il ressemblait à celui de l'étage du dessous ou du dessus, l'escalier que j'empruntais où des installations, machine à café, distributeur de boissons fraîches, plaque indiquant le service de radiologie, me permettaient de me situer –, j'étais renvoyée au désert où j'avançais vers la complète mise à nu. Quelques itinéraires dont je ne m'écartais pas, les parkings et leurs méandres boueux, tel commerçant – encore me trompais-je parfois de rue – ne pouvaient en aucun cas remplacer ce qui étaye solidement une vie. Lorsque je pensais à ma maison du quotidien, elle me paraissait irréelle et abandonnée depuis des années.

Les choses concrètes auxquelles nous sommes

liés, je comprenais qu'elles étaient fragiles et toujours transitoires. La coupure brutale de la maladie, la présence de la mort révélaient la vulnérabilité fondamentale. C'est à moi et à moi seule dans ce que j'avais de moins futile que j'étais confrontée.

Déshabillée, dans une maison vide de passé comme d'avenir, j'étais prête pour toutes les nouveautés.

Il vint d'abord un surgissement ancien que le hasard avait déposé sur ma route, autrefois, une sorte de paquet non encore ouvert, une réserve inexplorée.

Je reçus une lettre d'un Centre de documentation où avait été déposée, il y avait déjà plus de dix ans, une chose unique : soixante films tournés dans les années cinquante dans soixante villages de l'Hérault. Je connaissais l'existence de ce trésor et j'avais demandé l'autorisation de tout visionner mais les films en 16 mm étaient des pellicules, il n'était pas question de les faire tourner inutilement. Il fallait attendre leur transfert en format bétacam, puis en VHS.

C'est en ces jours de dénuement, en l'hiver de tempêtes, que je reçus une lettre du Centre me disant que les copies étaient enfin à ma disposition.

L'histoire de ces films était liée à celle de la télévision naissante, celle qui n'avait qu'une chaîne et deux couleurs, celle que les commerçants d'électroménager installaient dans leur vitrine et qui provoquait des attroupements sur le trottoir. Un public mêlé regardait, immobile et fasciné, bien qu'à cause de la vitre le son fût inaudible.

Le journaliste qui avait la charge des décrochages régionaux à lui seul couvrait l'actualité de Marseille à Perpignan. Il était ce que l'on nomme aujourd'hui J.-R.I. – journaliste-reporter d'images –, il assurait tournage, montage, commentaires. Sa caméra y avait gagné en vivacité, en capacité à saisir l'instant, le geste, le plan à ne pas manquer. A toute vitesse son œil triait et triait bien. Il s'appelait Michel Cans.

Ce Biterrois, je l'avais connu lorsque j'étais enfant. Ses parents habitaient tout près des miens. J'étais encore à l'école, lui était adulte et marié mais venait souvent visiter ses parents. C'étaient de petites gens du peuple, comme les miens. Nous les appelions « les vieux Cans » par rapport au « jeune Cans », ce fils que tout le

monde connaissait et admirait comme respon-
sable de la télévision, prestigieuse et magique.
Le père Cans était un de ces êtres débonnaires
auxquels la blondeur, le teint de lait et le bleu
du regard ajoutent à la douceur. Sa mère était
liée à la mienne par les offices de la paroisse.

Toute ma vie j'avais gardé une relation avec
Michel Cans. Il y avait entre nous la similitude
d'origines dont nous étions fiers et la tendresse
que nous nous gardions mutuellement pour
ces images de nos parents présentes dans nos
mémoires – et plus encore quand les siens furent
morts.

Dans les années cinquante et pour des raisons
sans importance aujourd'hui, Michel Cans fut
amené à tourner une série de reportages dans les
villages du Languedoc. Il s'agissait d'attirer à des
réunions le maximum de gens.

Le cinéma était en train de devenir la grande
distraction des samedis et des dimanches. Mais
si le public s'émerveillait des vedettes, se passionnait pour les histoires racontées, Michel
Cans avait compris que se voir, soi, sur l'écran
déchaînerait l'enthousiasme. Soi, les rues fami-
lières, sa propre maison, les voisins et amis, sa

vie en somme, devenue autre et les gens ordinaires des acteurs.

Ces films en 16 mm devaient revenir au
moindre coût. Deux bobines de trente mètres.
Du noir et blanc, pas de montage ni de scénario,
pas de son. Pendant la projection, il avait été
décidé que, sur électrophone, passerait *La Valse
des patineurs*.

Le succès dépassa toutes les espérances. La
quasi-totalité des habitants fut présente, parfois,
les soirs de projection.

Quand Michel Cans, quarante ans après, l'âge
venant, décida de vendre tout le lot, à cause de
nos liens il s'adressa à moi. Ce fut mon mari
qui acheta les films pour le Centre international
de documentation occitane dont il était le
créateur.

Avant l'achat, j'en visionnai quelques-uns.
C'est alors que je reçus en pleine chair, en plein
esprit, cette poussière sans prix, cette mine inépuisable, cette eau passagère des êtres.

Pauvres merveilles, humbles vestiges, milliers
de visages.

Quelques films furent transférés sur cassettes vidéo et montrés lors d'une exposition du Centre. Les habitants des villages concernés avaient été invités.

Alors que les gens muets s'animaient dans un ailleurs inaccessible et brièvement entrouvert, des cris, des rires, des exclamations partaient du noir de la salle. On demandait un arrêt sur image pour se repaître du sourire d'un père, de la grâce d'un enfant, présents à toucher du doigt. Une femme caressa sur l'écran les joues d'une amie, une autre enfouit son visage dans les mains en se voyant dans sa triomphante jeunesse, dans cette robe étrennée pour la fête et qu'elle n'avait jamais oubliée. Elle lui était rendue sans couleurs mais plus sûrement que si elle eût gardé un morceau de tissu. Beaucoup de ceux qui s'agitaient bien vivants dans les films étaient morts. Après les projections les gens sortaient dans la nuit, le visage bouleversé.

À partir de ce jour, on demanda au Centre de venir faire des projections à Abeillan, Adissau, Puimisson. Je suivais l'équipe. C'étaient des soirs d'automne ou de plein hiver quand il existe une longue plage de temps entre nuit tombée et repas. Nous avions assorti la copie d'une bande-son où passait en boucle cette *Valse des patineurs* dont Michel Cans nous avait parlé mais qui était souvent couverte par les exclamations des spectateurs. Tournant le dos à l'écran, c'étaient leurs visages pleins de rires ou de pleurs que je regardais. Dans la solitude et la désolation de la nuit hivernale, montait comme un froid soleil, un monde disparu.

A Villespassan, il y eut une soirée inoubliable. La municipalité inaugurait son foyer rural – il sentait encore le plâtre frais – avec l'exposition d'un jeune photographe. Il avait fait des clichés de la majorité des habitants. Les organisateurs avaient demandé la VHS de leur village – peut-être même en avaient-ils payé le transfert.

La salle avait de la peine à contenir la foule. Etaient présents ceux des photographies agrandies sur les murs et dans un coin passait sans interruption un film tourné quarante ans auparavant. Des femmes aux cheveux blancs ou teints se désignaient au milieu des communiantes de mai, voiles au vent. Un couple, au tout début du mariage, paradait dans ses beaux habits un dimanche matin. Elle seule était présente. Elle disait : « Que j'étais mince ! » Une main marquée de rides se posa sur l'écran où une fillette portait gravement la branche ornée du dimanche des Rameaux. Un homme disait : « Regardez-moi » en désignant un communiant parfaitement peigné dont la grand-mère arrangeait le brassard afin qu'il fît bonne figure sur le cinéma et l'enfant, après s'être dégagé d'un geste d'impatience, se redressait, la main de l'aïeule se posait sur son épaule et ils restaient immobiles, une, deux secondes. Je me tournai vers ce communiant qui était devenu un homme mûr. Je reconnus un de ces chasseurs de sangliers qu'une photographie montrait à la fin de la battue, près de la dépouille du solitaire. C'était un vigneron aux cheveux clairsemés, à l'œil vif. J'entrevis dans le visage tanné quelque écho des boucles noires et lisses et la façon altière de se tenir droit.

J'allais des visages à l'écran, de l'écran aux portraits, avec de vertigineux décalages. Ce compte des morts que faisaient les villageois à mesure que se déroulait le film, les plus jeunes de l'assemblée, qui ce soir-là couraient, excités, le feraient un jour en regardant les photographies sorties des réserves, dans trente ou quarante ans, en regardant ce cinéma d'un autre âge où cette fois il n'y aurait plus que des morts.

Par moments, une mère, un père interrompaient un enfant dans sa course et le menaient devant l'appareil de télévision. « Regarde, c'est ton pépé... c'est ta marraine... tu te souviens ? » Ils avaient stoppé l'appareil sur l'image désirée, ils remettaient en mouvement. Et l'aïeul bougeait un peu puis disparaissait car il fallait faire vite, au profit d'autres visages. Et l'on était sûr qu'il n'y aurait de celui-ci et, ensuite, de celui-là que cette trace plus infime qu'un duvet dans l'air, plus illisible qu'une rayure sur une vitre.

Mais l'enfant, la bouche pleine de chips, les joues en feu, se détournait et courait vers les photographies qui le montraient, grimaçait tout à côté ou prenait la pose – un autre alors lui faisait les cornes.

Sur l'une des photographies, celle d'un gamin jouant à la balle, seule la balle était visible, de l'enfant on ne voyait que la silhouette en ombre chinoise sur le mur.

Près du cliché, l'enfant riait, désignait l'ombre, sautait et répétait : « C'est moi ! » Dans cinquante ans un homme dirait devant l'ombre dansante : « C'était moi » et s'il était mort il y aurait quelqu'un pour préciser : « Là, c'est Adrien. » Adrien, devenu ombre parmi les ombres comme cette femme que certains désignaient : « C'est Céline. Elle avait cent ans. » La caméra descendait du visage aux mains posées sur le tablier de satinette noire, revenait au visage

56

puis quittait Céline, qui repartait chez les morts, pour passer à un autre vieillard. « Celui-là, disait quelqu'un, on l'appelait *lo rei*, le roi. » Et c'était vrai qu'il était royal.

Au petit garçon à la balle, qui n'était même pas adolescent, la photographie disait claire- ment : « Tu ne pèseras pas plus dans les mémoires que sur ce mur où tu es réduit à un jeu de lumière. » Mais lui, sans angoisse, répé- tait : « C'est moi », comme cet homme qui posait à la porte du cimetière où tout le préci- pitait.

Dans le foyer rural, c'était un brouhaha de gens heureux en train de se célébrer, sur les murs, eux-mêmes, immobilisés, et dans le rectangle de la télévision, le ballet des ombres. Dans la che- minée, le feu brûlait avec une grande respiration humaine.

Au moment où je partais, on glissa dans ma main une poignée de truffes.

Dehors c'était la nuit silencieuse de janvier autour du beau village en forme d'amande, cerné des vignes déjà taillées et plus loin de l'épaisse garrigue. Au cœur de la nuit brillait la grande salle, aquarium de lumière plein de rumeurs de voix, à travers lesquelles on entendait vaguement *La Valse des patineurs*, irréelle comme si le temps était giratoire.

Je roulai lentement, j'aurais voulu que dure le voyage. Peu à peu la voiture s'était remplie de l'odeur mystérieuse et violente de la truffe, sauvage, iodée, épanouissant le fond des alvéoles pulmonaires, si peu culinaire, si pur parfum corporel qu'on ne savait où la ranger. Elle enfla et me baigna tandis que la voiture suivait les routes glacées.

Depuis ces jours je désirais visionner l'ensemble des films. L'autorisation arrivait dans une bien étrange période de ma vie. Je faillis refuser. Finalement, la curiosité l'emporta et je convins avec le directeur que je viendrais au Centre deux jours par semaine. Cela me laissait le temps de m'occuper de la chienne, de porter du linge propre à la clinique, d'y être présente au moment du repas, et à treize heures de me rendre au Centre.

Il était moderne, vitré du haut en bas des trois étages et, dès que l'on entrait, on pénétrait dans une lumière plus soleilleuse que la vraie à cause du verre vaguement teinté de rose. Le ciel d'orage en était transformé. L'appariteur en gilet soyeux – c'est ainsi que je voyais le gilet du

Grand Meaulnes durant la fête mystérieuse –,
blond, pâle comme les hommes sédentaires,
m'apportait les cassettes et la manette pour
avancer, reculer, arrêter, éjecter.

Je faisais la nuit avec les volets mobiles et je
mettais en route.

Les films étaient conçus pour accumuler les
personnes, c'était leur but et je savais que je
n'y trouverais pas les monuments, du moins pas
seuls, ni une vue générale, pas même parfois le
nom du village. Mais à la sortie de la messe, apparaissait derrière les fidèles le cordon de billettes
du porche, la tour romane carrée, le monument
aux morts quand le maire, le 11 novembre, y
déposait une gerbe, suivi du conseil municipal,
des associations d'anciens combattants, des
enfants des écoles tenant à la main une fleur qu'ils
jetaient au sol en une large jonchée ; les vignes
servaient de toile de fond au départ des ouvriers
agricoles ; les remparts au défilé des femmes
allant vider le seau hygiénique. C'était là par
hasard, pas vraiment filmé, derrière les habitants.
Il arrivait qu'un bâtiment tout neuf dont le village
était fier fût montré, la salle des fêtes, l'établissement de bains-douches qui n'avait pas vingt ans
de vie devant lui, décoré d'une silhouette d'enfant
nu apeuré par l'eau – il était l'hygiénisme en
marche –, l'école neuve qui deviendrait bientôt

désuète, une ruelle médiévale, les ruines d'une porte de ville.

Le plus déroutant était l'absence de scénario et de montage. Il n'y avait que des fragments de moments, des bribes d'événements. Et des événements sans importance. Une visite officielle, une inauguration, le carnaval, la sortie de la messe, la rue et ses personnages, les pétanqueurs, le coiffeur devant sa porte, la pâtissière présentant la grosse fougasse du dimanche, des gens qui s'éloignent, en hiver, serrant le pain chaud dans leurs bras. Du dérisoire.

Sans scénario pas de destin, même pas des personnages, des passants. Ni premier ni second rôle. Pas de rôles. Des actes qui commencent et avortent, des pas qui vont on ne sait où. C'était l'exacte mesure de la vie remplie d'un désordre que nous ordonnons vaille que vaille à force d'objets significatifs et de dates importantes, de récits faits aux autres et à nous-mêmes. Devant les films de Michel Cans, sans rien, rien que du fugitif, on éprouvait un malaise, on comprenait que les vies sont composées d'une succession de moments sans suite logique. Cueillir une brassée d'herbe pour les lapins, la rapporter dans son tablier, un mouchoir sur la tête, dessiner une marelle, s'habiller pour le carnaval, étendre la lessive. Rien de plus.

Les images en noir et blanc y étaient totalement adaptées comme elles étaient adaptées à la salle aux volets clos, tunnel à remonter le temps, trou dans la nuit. Si la couleur va dans le sens de l'illusion, le noir et blanc affirme, lui, l'impossible retour en arrière. Il dit que les images se décolorent inévitablement en nous et que nous les recolorons par l'imaginaire.

Mais s'il n'y avait pas les couleurs, il y avait cent tons de gris, l'épaisseur des ombres, la blancheur des blancs. A un coin de rue, l'ombre dense près d'un soleil vif donne une impression d'été, et quand le groupe joyeux de jeunes gens et de jeunes filles débouche – pour quelle fête, pour quelle noce ? –, les robes légères et claires, les souliers découpés parlent effectivement d'été. La translucidité des feuillages évoquait des verts printaniers, je coloriais le groupe des enfants de chœur en tête de la procession. Et l'affiche du Bébé Cadum.

Le char de la cavalcade, celui du papillon gigantesque, évanescent, tremblant des secousses de la charrette où il était posé, par les matières des ailes et la douceur des gris, laissait imaginer des bleus et des roses pastel. Celui des danseuses hawaïennes, incarnées par des hommes déguisés d'un pagne de raphia sur des jambes gainées de bas résilles et des fesses audacieusement nues, parlait plus fortement peut-être que le Technicolor, tant les noirs et les gris foncés rendaient la violence des maquillages, les couleurs vives et criardes, la teinte de jais des perruques des danseuses tombant jusqu'aux reins.

Les films étaient muets, réduits à ce murmure de valse lointaine, de bal à papa qui se serait déroulé à l'autre bout d'une esplanade et vers lequel on se serait avancé sans pouvoir l'atteindre. Des lèvres remuaient sans paroles. N'en est-il pas ainsi ? Des millions de mots sortis des bouches aimées, de combien nous souvenons-nous exactement ? Les bouches vivantes ou mortes remuent dans la mémoire sans que nous n'entendions rien. Je tremblais de toutes les phrases irrattrapables auxquelles se substituait la musique répétitive. Il y avait des moments où il me semblait que la valse m'empêchait d'entendre. L'arrêter ne faisait que mieux apparaître l'inaudible. Mais si j'avais entendu, qu'aurais-je découvert ? Probablement des phrases anodines moins riches que ce que l'absence de son m'obligeait à regarder, tous les détails des traits, l'expression du regard – si profond, si triste parfois –, le vêtement, la silhouette ou les mains. Ce peigne de côté qu'une femme ôte pour se recoiffer brièvement, à droite, à gauche avant de le fixer à nouveau dans ses cheveux, le tricot que l'on réajuste, les mains du sous-préfet le jour de l'inauguration, si blanches, tenant une paire de gants, du moins peut-on les faire parler.

Je songeais à la dernière personne âgée de la famille, une demoiselle, la sœur de mon beau-père, déjà entrée dans sa mort, marmonnant des choses aussi incompréhensibles que les paroles des films.

Quelles traces avaient laissées ces milliers d'hommes et de femmes passant devant mes yeux, disparaissant, remplacés par d'autres, et ces autres par d'autres encore ? Et que j'étais loin, à épier leur moindre mouvement – le peu qui m'était donné – de tout ce qui les avait habités, blessés ou réjouis.

Lorsque je sortais, il n'était que seize heures. J'avais eu le temps de visionner sept ou huit vidéos. Je ne m'arrêtais que pour changer les cassettes. J'allumais la petite lampe de la table très design qui servait de bureau. Mais je ne m'y installais pas. Mes papiers, dans ce premier temps, restèrent vierges. Je ne m'occupais que de regarder avec avidité, comme on mange parfois, la gorge serrée, impatiente, recevant sans cesse des chocs inoubliables.

Une fois ou deux je descendais boire un café à la machine distributrice du hall d'entrée. Du sol au plafond les vitres ruisselaient, brouillaient, dehors, une ville que je connaissais bien mais qui devenait étrangère, prête à se fondre dans l'eau.

Comme tout ce qui m'entourait et que je sentais se dissoudre au profit du surgissement des images.

Après, il était l'heure de l'hôpital.

J'y entrais au moment où dans les couloirs circulait la grande cantine cliquetante du repas du soir. Elle répandait une odeur de soupe, de collectivité, certes, mais c'était une odeur de maison.

Il lisait parfois tranquillement. Il disait « ma mie » en me prenant la main. Il s'enquérait des films. « Tu as visionné quoi, aujourd'hui ? », et bien que le plus souvent je fusse remuée et rarement amusée, je tâchais de choisir un épisode un peu drôle. Le curé de V., solennel sous son porche, ne sachant que faire, bénissait la caméra, à tout hasard. Beaucoup d'hommes ôtaient leur casquette, par respect. A Marseilhan, un mouton broutait sur le quai. Je décrivais les crans des « zazous », les buveurs d'eau de Lamalou, très chics, le garçon qui servait des verres d'eau minérale, d'un air hypocrite. Car tout, dans les visages, démentait l'usage de l'eau. Nous parlions de Michel Cans. J'évitais de lui demander s'il avait bien mangé, le plateau était éloquent.

Mais si la fièvre était montée, s'il reposait pâle, les pommettes maquillées d'un rose suspect, inquiet ou somnolent, je me contentais de rester là assise et j'attendais la visite du soir pour poser des questions.

Quand, à ce centre du monde où tout converge – la vie quotidienne –, très concret, organisé, totalement connu, où la main avance sans avoir à réfléchir vers l'objet qu'elle veut saisir, où l'on sait les nuances, les odeurs des heures et les bruits qui sont reçus comme autant de présences, où les pas, les mots, attendent dans la coulisse le moment de paraître – arrivée du facteur, moteurs des voitures montant la petite route bleue, coups de feu des chasseurs –, quand à ce noyau se substituent la chambre nickelée, répétée des centaines de fois dans le bâtiment, le lit orthopédique, quand il s'y ajoute une maison qui n'en est pas une, on mesure qu'il subsiste peu de choses de ce que l'on est ou que l'on croit être. N'y aurait-il rien – ou peu de choses – en dehors des multiples attaches qui nous lient aux objets ? Que reste-t-il hors des fils mystérieux et concrets que nous ne cessons de tisser avec les autres ?

Cet homme, dans le lit, pouvait-il être le même que celui qui fendait le bois, dont je voyais le tricot posé sur une branche, qui levait le visage à mon appel, que j'avertissais avec une clochette de cuivre pour qu'il quitte ses poèmes ? J'en doutai tout le temps où il resta couché, j'en doutai lorsque, après, je poussai le fauteuil roulant jusqu'à la cafétéria, plus tard encore quand je l'aidai à marcher sur des cannes anglaises. Dans notre maison, je le savais, les choses auraient comblé le vide en me parlant de notre histoire commune.

Nous étions dans deux mondes différents. Lui entièrement dans son corps, moi dans un monde extérieur sans cohérence où je n'avais aucune place ou bien je voyageais dans des images mortes, dangereusement coupée de mes solides amarres. Lorsque j'atterrissais dans la chambre, j'oubliais l'étrange présent tout neuf et lui les diverses péripéties de l'aventure qu'il vivait. L'espace et le temps qui nous séparaient se mettaient enfin au diapason.

Les amis qui venaient en visite, détachés de la vie, n'avaient pas l'air vrais. La chambre n'était pas faite pour les recevoir. Elle n'était pas un salon. Ils s'asseyaient où ils pouvaient au fond du lit, s'appuyaient contre le mur ou restaient debout.

Leurs manifestations de tendresse paraissaient du théâtre. Pierre apporta des huîtres et du picpoul. Denise des chaussons à la brandade. Laurent le meilleur rouge des Corbières – « pour te refaire le sang ». François déplia un torchon et apparut le plus beau des poissons de Méditerranée : le chapon rose et hérissé. Mais manger était aussi malcommode que malvenu en l'absence d'appétit.

Tous, on l'aurait dit, jouaient la semblance du pique-nique, l'un avec son livre, l'autre avec son couteau à huîtres, l'autre avec ses fleurs, tous avec bonne humeur. Comme il n'y avait ni herbe, ni plage, ni vent, ni vie véritable, tous s'efforçaient de les faire entrer dans la chambre en trinquant, en parlant de choses amusantes ou anodines.

Mais dans un coin la machine du cœur inscrivait sa courbe, les perfusions laissaient tomber leurs gouttes, par le cathéter arrivaient les antibiotiques, les anticoagulants. De temps en temps il se détournait, jetait un coup d'œil sur les poches pleines de liquides transparents ou laiteux, suivait du regard la ligne sinueuse du cœur, pulsant, verte, comme un clignotant.

Où étais-je ? plus bas, plus haut que le réel ? Pourrais-je un jour – et quand ? – renouer les fils de l'identité rompue, retrouver un vrai temps ?

Lui aussi vivait la pure existence, d'une autre manière que moi, plus charnelle, à certains moments jubilatoire car il était passé près du précipice et rien ne le détournait de la sensation, à chaque instant, de s'éprouver menacé mais vivant.

Un matin, il était six heures, j'arrivais par un train de nuit, en entrant dans la maison – ni mienne ni maison véritable – j'entendis un bruit d'eaux ruisselantes.

Avec ce ciel qui, encore une fois depuis l'aube, n'arrêtait pas de pleuvoir avec violence – mais d'où sortait toute cette eau ? – et les égouts en crue qui ne pouvaient plus absorber les ruisseaux et ce que déversaient les chéneaux, je crus que ce bruit était celui des rideaux d'eau débordant des gouttières, des jaillissements, des jets sortant des noues. Il n'était pas si étonnant, ce vacarme de cataracte.

Mais dès que j'eus franchi les quelques marches du seuil, je me retrouvai les pieds dans l'eau. Me guidant au bruit, j'arrivai dans la cuisine. De dessous l'évier sortait un flot plus gros que mon bras. J'étais seule. J'ignorais où était le robinet d'arrêt.

Le temps de me pencher vers cette fontaine, de tâtonner pour essayer de comprendre, de chercher une éventuelle manette, en quelques minutes je fus trempée.

Je me déchaussai, retroussai le bas dégoulinant de mon pantalon et, dans une eau glacée haute de plusieurs centimètres, je tâchai de suivre le cheminement des tuyaux jusqu'au robinet qui commandait la fermeture. En vain.

J'ouvris les portes-fenêtres et tentai d'évacuer dehors avec un balai le flot qui envahissait la pièce à chaque seconde. Maintenant entrait le bruit de l'averse qui sévissait dehors et que la terre ne pouvait plus absorber. Le jardin était une mare où résonnait la violence de la pluie.

Quand, finalement, j'eus trouvé l'interrupteur, dans le relatif silence, je continuai à expulser l'eau.

Dans la souillarde, des boîtes contenant des pâtes, de la semoule, des légumes secs, éventrées, avaient lâché leur contenu. Sous l'évier les produits ménagers répandaient des liquides roses ou verts, moussants, ou des liquides incolores à l'odeur agressive.

Dans la grande salle qui demeurait dans la pénombre à cause de l'envahissant jasmin, des livres flottaient, gonflés comme des bêtes mortes. Ils avaient craché ces menus papiers que l'on glisse entre leurs pages, cartes postales – je reconnaissais Los Angeles où il était allé récemment –, notes de supermarché, tickets de cinéma, feuilles sèches, coin de journal déchiré. *An Unfortunate Woman* de Brautigan passa le ventre en l'air, livide dans sa couverture grise détrempée.

Cinq heures, au moins, j'épongeai, avec le balai espagnol, en attendant un improbable plombier auquel j'avais laissé un message. Il s'appelait Casanova. Mais viendrait-il ? Il ne me connaissait pas.

A mesure, le pavé – de vastes dalles de grès rythmées par des carreaux de céramique bleue – devenait net. Les taches incrustées avaient disparu. Le seau se remplissait d'une eau noire où nageaient des débris impossibles à identifier accumulés au fil des jours dans les coins, les rainures et sous les meubles d'où le flot les avait chassés.

Quand j'eus fini, le rez-de-chaussée était plus vide encore et, comme le sol et les plinthes étaient détrempés et ne sécheraient pas de quelques jours, il y régnait un froid de caveau.

Je n'avais plus d'eau courante. Pour boire, c'était simple. Pour la toilette et les toilettes c'était une autre affaire. J'avais eu un message de Casanova. Il viendrait après-après-demain.

Je faillis rire de ce dénuement supplémentaire.

A partir de ce moment-là, je vécus dans un état plus étrange que désagréable. Quand me saisissait une sorte de coup entre les épaules ou du côté de l'estomac, c'était un genre de trac, l'attente du plein feu de la rampe. Le rideau allait s'ouvrir. Qu'y avait-il derrière ? Tant de signes m'annonçaient l'arrivée d'une grande chose. Et qu'y a-t-il de grand dans une vie sinon l'amour, cette naissance, et l'apocalypse de la mort ?

Mais dans le désert, pouvait aussi bien se poser l'imprévisible.

C'est alors qu'il vint à moi.

Il vint à moi comme s'il était lui aussi sorti des films et m'avait rejointe. Il surgissait du temps, identique, tel qu'il était quand, toute jeune fille, je m'étais éprise de lui.

C'était un soir de décembre. Il passa la porte de cette librairie où je rencontrais les lecteurs qui avaient eu le courage de braver les intempéries. Il avança vers moi mouillé de pluie brillante. Pourquoi est-il venu ce jour-là, justement, et pas un autre depuis tant d'années où nous aurions pu nous revoir ? Pour moi, je connaissais les raisons qui m'avaient retenue. Je craignais le temps qui érode, l'imagination qui trompe, la mémoire qui enjolive. Je craignais la déception et n'avais pas cherché ce qui arriva ce soir-là. Ce n'est pas un hasard et c'est lui qui le voulut.

D'abord, il pleura. Je me dis que, même inchangé, il était passé par le moulin des ans et en sortait blessé mais vivant.

Lorsque je m'approchai pour l'embrasser, ce que je n'avais jamais fait, lorsque je sentis la tiédeur de sa joue, que je ne connaissais pas, lorsque, brusquement, j'eus envie de m'enfouir dans ses bras et dans un passé plein de douceur, je compris que je n'oublierais pas cette année-là, qu'elle resterait frappée d'un sceau de lumière, que cet instant faisait partie de ce qui la marquait au coin de l'exceptionnel. Sans les événements récents, une sorte d'exil, le mélange des temps

et le nettoyage par le vide, je n'aurais pas été
prête à la rencontre.

Devant moi, la mathématique le disait, il y
avait un vieil homme. Mais seul un compte irré-
futable l'affirmait. Je ne trouvais pas en lui ces
différences hurlantes et souvent pathétiques qui
me glaçaient le cœur à Villespassan, quand
j'allais des visages étincelants de blancheur des
jeunes filles à la sortie de la messe, inaccessibles
par leur éclat même, à ceux, ravagés, des femmes
qui disaient se reconnaître ; de ces corps dont la
caméra suivait la fine ligne en partant des chevilles, en remontant le long des cuisses parfois
moulées dans le tissu, jusqu'aux décolletés et aux
cous de marbre, aux femmes qui, les larmes aux
yeux, se contemplaient dans leur propre perfection, debout à toucher l'écran, avec leurs jambes
variqueuses et leurs hanches épaissies.

Mais pas lui. Etaient intacts le bleu d'acier du
regard, la douceur de la voix, le port, la gravité
du visage. C'est bien cela, c'est bien lui, me
répétais-je, et je renaissais à mon passé.

Voir quelqu'un surgir inchangé de la mer de
mémoire me donnait l'impression que j'étais en
train de franchir le temps à reculons.

Le soir même, dans la chambre aseptisée, je retrouvai cet autre temps de la maladie, immobile dans un présent étroit que demain, après-demain, la courbe des températures, les résultats des analyses, les progrès des mouvements élargiraient un peu ou rétréciraient encore. Quand rien ne s'améliorait, les horloges étaient suspendues.

La musique du vent, la pluie qui faisait loupe sur les vitres mesuraient en nous deux des temps désaccordés. Je le rejoignais puis quittais son mince présent pour un passé lumineux de jeunesse.

Lorsque j'avais fait la connaissance de Gabriel, j'étais construite des éclatantes ténèbres d'un amour caché parce que interdit, inavouable et délectable. J'en étais sortie mais non sans séquelles. La passion avait été si fulgurante, muette et lourde que le matin, lorsque je me réveillais, je la sentais peser. La conscience me revenait avec : « Je l'aime » et je savais qu'il me faudrait porter tout le jour cette chose mordante, semblait-il inépuisable et qui ne me laissait pas de répit.

Aussi, lorsque, deux ans de suite, Gabriel devint mon professeur et que je me mis à l'aimer, ce fut si clair, si joyeux qu'il me fallut arriver au soir où je l'embrassai pour que m'apparaisse avec évidence que j'avais éprouvé de l'amour, que sa présence active et éclairante n'avait cessé de m'accompagner tout au long de mes jours et que, si je n'avais pas reconnu le sentiment qui m'avait soulevée, c'était parce qu'il était sans ombre et que, grâce à lui, j'avais émergé au grand jour et dans l'allégresse.

Il fut ce Raphaël aux pieds légers, celui qui sait et ouvre les chemins à Tobie et lui révèle les pouvoirs guérissants du foie et du fiel, puis s'efface.

Qu'on imagine les retrouvailles de Tobie et de l'Archange au-delà de la mort. J'éprouvai cette joie. Elle déferla sur les jours blancs où nous nous retrouvâmes et déborda pour partir rejoindre, là-bas, loin, le seuil d'une salle de classe. La salle de physique et chimie était devenue grâce à Gabriel un des hauts lieux de ma vie, à la fois théâtre et cuisine du cosmos comme de la matière et de cette matière particulière qu'est l'homme.

Construite en amphithéâtre, munie d'une estrade large, longue et élevée, d'une immense table carrelée de blanc, d'un tableau qui courait sur toute la longueur du mur, d'un évier, d'un bec Bunsen, d'une réserve de liquides colorés ou transparents, cette salle ne ressemblait pas aux autres. Tout y disait que le cours nécessitait, non plus seulement d'entendre et d'écrire, mais de voir.

Cette classe était jouxtée par celle des travaux pratiques avec ses paillasses carrelées de blanc elles aussi, où nous faisions alternativement rouler des billes sur des plans inclinés, chrono-mètre en main, et pratiquions des dissections. Partout flottait l'odeur piquante du chlore mêlée à des relents de formol. Les autres salles ne sen-taient que la craie.

A la fois culinaire et alchimique, proposant savoir et manipulations, le grand amphi recevait

76

la lumière d'un seul côté. L'autre était occupé par une succession de placards en bois sombre, cirés, beaux comme des meubles de salle à manger, dont la partie supérieure était totalement vitrée.

Dans l'un dominaient les instruments de mesure anciens en cuivre, brillant au soleil opalin venu d'en face, du côté de la rue et des fenêtres aux carreaux laiteux : des galvanomètres, voltmètres, ampèremètres, de grands miroirs d'optique, droits sur leur pied noir, concaves ou convexes, aussi déformants que des miroirs de foire, occupaient une étagère. Dans un autre placard c'étaient des instruments de verre, des fioles jaugées à col étroit et haut, à ventre rond, comme des soliflores, des verres à pied, évasés, qui ne se distinguaient des verres à boire que par les fines incrustations des graduations, des pipettes, des éprouvettes qu'il fallait poser sur un support de bois afin qu'elles tinssent debout, les gracieux réfrigérants, grands tubes où pouvait circuler l'eau froide autour d'un serpentin de verre – transparences dans la transparence –, les radiomètres, sphères de verre emprisonnant un moulinet en croix, assez semblable aux aubes que les enfants bricolaient pour les ruisseaux, et qui se mettait à tourner lui aussi quand la lumière éclairait la face noire des palettes.

C'est dans ces meubles que nous allions chercher verniers et palmers pour des mesures
pouvant aller jusqu'au centième de millimètre.

Quelques vitrines étaient consacrées à l'histoire naturelle, aux microscopes comme autant
de télescopes miniatures pour aller voir vers
l'infiniment petit, aux planches d'herbiers fan-
tomatiques, à quelques oiseaux empaillés et à
une collection d'œufs où je cherchais du regard,
en passant, celui de la grive musicienne qui
réjouissait l'œil par un bleu que le temps ne
décolorait pas.

L'année précédant l'arrivée de Gabriel, nous
avions eu un professeur vieux, soporifique et un
peu ridicule. Pour se protéger des expériences
détonantes, il s'était fabriqué un écran en contre-
plaqué qu'il tenait devant son visage avec un
petit manche, une sorte de face-à-main opaque.
Il maniait les liquides d'un air terrorisé bien que
l'explosion annoncée ne produisît finalement
qu'un petit nuage de vesse-de-loup et un bruit
moins fort qu'un pétard de foire. Alternativement nous dormions et nous rigolions.

Mais Gabriel arriva et le cours devint le temps
de toutes les découvertes. « Qui est capable
d'améliorer les chevaux ? » demandait perfide-

ment Socrate. « Tout le monde ou quelques-uns ? » Les interlocuteurs étaient bien forcés de répondre : « Seulement quelques-uns. » « Et qui est capable d'améliorer la jeunesse ? » continuait-il. « Tout le monde ou quelques-uns ? »

Quelques-uns. Un seul parfois dans une vie d'homme. Certains n'en rencontrent aucun, ne connaissent pas ce remue-ménage de la pensée, cette impression d'être tout d'un coup intelligent, voyant et non plus aveugle, cet agrandissement du monde.

Quoi d'étonnant, alors, que d'aimer ? Lui aussi nous aimait, globalement, sans préférences. Nous, nous l'aimions sans espoir de futur, sans même l'espoir d'un regard particulier. Cette clé du monde qu'il nous donnait à travers des matières méprisées, surtout à un âge où l'on se pique de penser et même d'écrire, cette clé, à travers les sciences exactes, permettait d'entrer dans la philosophie, la métaphysique, la poésie et même les méandres du cœur.

Les valences parlaient des attirances entre les êtres qui avaient pu nous paraître inexplicables – c'étaient seulement nos atomes qui désiraient s'accrocher aux atomes de l'autre –, les réactifs colorés des changements brusques causés par l'émotivité. Nous le savions déjà que nous pouvions changer de couleur, de tonalité d'âme parce que l'ami ou l'amie avaient été distants ou passionnés. Dure la roche, immobile ? Allons donc, les atomes bougeaient sans arrêt, à toute vitesse, comme tremblait la chair, comme s'agitait l'inconscient qui n'était pas un magasin noir et bien rangé mais plutôt la boue d'un marécage logeant des bêtes mauvaises toujours prêtes à se réveiller. Parfois des particules tombaient dans un tube à essais. Cela s'appelait un précipité et le mot contenait l'immédiateté du phénomène, sa naissance instantanée – comme l'apparition de l'amour. Mais, ô miracle, il n'y avait pas de miracle, c'est le réel tout entier qui était miraculeux.

Au moment même où je vivais un sentiment tranquille, sans rendez-vous, sans confidences, sans jalousies, sans sexe, je découvrais que la matière est spirituelle ou qu'à l'inverse ce que nous appelons l'esprit – ou l'âme, le cœur, l'insaisissable – n'est qu'une des formes de la matière.

L'éclair blanc du magnésium, les formules développées comme autant de broderies, les catalyseurs indispensables à certaines métamorphoses sans toutefois intervenir directement, l'eau céleste, la perle au cobalt qui valait bien le sacrifice au chalumeau de quelques agitateurs, les ondulations invisibles du son, celles de la lumière à l'étonnante vitesse, devinrent un langage philosophique, scientifique et amoureux, non pas réduit à la pensée occupée d'elle-même ou de la contemplation de l'autre, mais liant l'être humain à l'ensemble de l'univers. Un homme me fit faire cette découverte solaire de l'inouïe unité du monde.

Et que dire de l'expérience de Berzelius, Jacob Berzelius, l'expérience « de la pluie d'or », pour laquelle nous nous groupâmes exceptionnellement autour de la table carrelée tandis que Gabriel dressait contre la lumière des vitres le liquide où tombaient lentement de minuscules parcelles d'or.

Mais ce n'était pas de l'or, ce n'était que de l'iodure de plomb. Après cette apparition, si on chauffait le liquide, toute cette poussière illusoire disparaissait pour renaître dès que le mélange s'était refroidi.

Bien sûr, notre maître ne commit pas l'erreur de donner les sens – possibles – des diverses vraies magies du monde concret. Les choses entraient en nous, y faisaient leur chemin et c'est souvent seulement à l'âge adulte que j'en fis le profit. Si, dans l'instant, l'expérience de Berzelius donna raison au proverbe « Tout ce qui brille n'est pas or », il me fallut attendre longtemps avant de comprendre que cet or disparaissant à la chaleur incarnait les souvenirs qui fondaient dans l'enthousiasme du présent pour reparaître lorsque le cœur devient froid ou dans la solitude des jours – et ils ne sont jamais qu'un composé de plomb, une illusion d'or.

Ai-je jamais fait la moindre rencontre importante sans songer qu'elle précipitait ce qui était contenu en moi, invisible et encore inconnu ? Qu'une personne passe – et pas une autre – et naissaient neige, confettis, paillettes, granules d'argent, émerveillants et imprévisibles.

Il parlait de la vitesse de la lumière. J'appris que nous recevions la lumière d'étoiles mortes depuis des siècles. J'appris que si l'on pouvait aller plus vite qu'elle, il serait possible de tendre un écran et d'y recevoir les images des millénaires passés. Les rayons émis par les événements n'attendaient que notre capacité à les dépasser. Ce n'est pas nous qui irions vers le passé mais lui que nous capturerions dans un piège capable de le recevoir et de le trier. C'était là la vraie machine à remonter le temps, le vieux rêve de l'humanité.

Il parlait aussi du vide. Il disait que si nous

étions capables de l'ôter dans tous les atomes de notre corps, il ne resterait de nous qu'un volume d'un millionième de millimètre cube. Et notre misère était là, avec la solitude, non pas une idée de solitude mais sa réalité – tant de vide à franchir pour nous trouver, tant de vide pour atteindre l'autre. « Alors nous ne sommes que du vide ? » « C'est à peu près cela, répondait-il, sauf ce millimètre cube divisé par dix puissance six. » Cette infime part de matière pensait, jouissait, se souvenait, prospectait le monde, hasardait des théories, avait peur, souffrait, tuait. Nous étions bien ces « atomes pensants », ces « animalcules », ces « petites mites » dont s'étonnait si fort Micromégas. Sans cesser d'être vertigineux, l'accès aux choses et aux êtres devenait plus aisé.

Beaucoup moins grave, charmante, était l'explication de cette neige enfermée dans des boules-souvenirs et qui tombait sur la statue de Notre-Dame-de-Lourdes et même sur la mer où avançait une voile latine dans les « Souvenirs de Valras ». L'hyposulfite à température ordinaire créait ces univers fascinants, à tenir dans la main, dont la possession avait pu me paraître un trésor. L'hyposulfite était présent dans cette neige prisonnière et on le retrouvait dans les émulsions des pellicules. C'est lui qui avait gardé les images des années cinquante et leur avait donné ce grain si fin. Drôle, à faire rêver, fut l'expérience de la canne de verre – c'était le nom des agitateurs de chimie – plongée dans du benzène. Elle disparaissait. C'était une question d'optique : le verre et le benzène avaient le même indice de réfraction – il arrivait bien que, dans le bac de rinçage de la vaisselle, certains objets transparents parussent s'évanouir et les bouteilles dans lesquelles on mettait des miettes pour capturer des vairons immergées dans le courant cessaient d'être visibles. Le piège transparent était camouflé par un milieu transparent.

De même, si on arrivait à donner au corps humain et à l'air où il était plongé ce même indice, nous pourrions devenir invisibles. Quel rêve ! J'avais encore en tête ce moment d'un film où le héros défaisait les bandelettes qui entouraient sa tête et où apparaissait « rien ».

Le passage des violets au bleu pur ou au rose s'appliquait à des changements plus anodins que les précipités, à des changements d'humeur, à des impatiences brèves, des engouements passagers. La chimie du vivant était une. Le jus violet que je connaissais bien de la pourriture de l'iris de mon enfance – il tachait les mains et je l'avais pris longtemps pour du poison – était le même réactif qui, en devenant vert ou bleu, révélait le milieu acide ou basique. Il rejoignit donc les armoires du grand amphi. Et de la peur, je passai au respect.

Quant aux feux follets, ils étaient effectivement les émanations des morts – pourquoi pas de l'âme qui est la chair ? – puisque le gaz des divers pourrissements s'enflammait spontanément à l'air.

Plus tard dans ma vie, non pas avec Gabriel, mais bien plus tard et ailleurs, j'avais su que ce cinéma, en couleurs, découvert au plafond du dortoir et reproduisant ce qui se passait dix mètres plus bas sur le perron d'entrée du couvent était un phénomène bien connu appelé sténopé. Au lieu de déflorer ce que j'avais pris pour un mystère, ce savoir qui avait un beau nom m'ancra dans mes certitudes : je n'aimais que la magie et les rêves bien réels.

Nous enroulions une ficelle autour de l'un de ces poids de laiton des épiciers, mesurions le diamètre et, en divisant l'un par l'autre, nous obtenions π, mais un π un peu faux, car nos mesures sont imparfaites. Nous pouvions calculer la proportion de l'erreur en opérant une fois avec une ficelle, une deuxième avec un fil de nylon, puis avec un mètre de ruban. Petite, parfois infime, l'erreur existait toujours. Mais sûres que la mesure n'est pas juste et en recommençant, nous arrivions finement et lentement à nous rapprocher de la vérité.

Les hémisphères de Magdebourg qu'il était impossible de séparer, à condition que le vide fût complet à l'intérieur de la sphère, arrivèrent dans notre savoir avec l'histoire des huguenots, de leur fidélité inébranlable que ni la mort ni les persécutions ne pouvaient entamer – quatorze chevaux attelés, sept de chaque côté, étaient incapables de séparer les hémisphères tenus par plus fort que la force. Ils illustraient l'amour infrangible de Tristan et Iseult scellés par le filtre jusqu'au-delà de la mort et même l'impossibilité de s'arracher à la pensée obsédante de l'autre.

Il existait de petits hémisphères pour expériences scolaires. Gabriel, après avoir pompé avec un instrument d'un autre âge, les faisait circuler entre nous. Il nous proposait de nous mettre à deux pour essayer de les désunir. Au bout d'un moment, soit que le vide fût imparfaitement réalisé, soit que le caoutchouc fuît, nous y arrivions. Aucun livre de philosophie ne m'a convoquée, comme le cours de physique et chimie, à énoncer des certitudes avec beaucoup de prudence.

Le monde était incertain. Le sodium était mou. Coupé aisément avec une lame même médiocre, il révélait le brillant caractéristique d'un métal – ce qu'il était. Le mercure, lui, était liquide. Une goutte dans le creux de la main glissait, se divisait, se regroupait, s'infiltrait dans les plis en un menu ver argenté, insaisissable. Pourtant, dans le bac où il gisait, il était d'une incroyable lourdeur. Si on y plongeait l'index, l'étrange métal se refermait comme un sphincter vivant. « Attention, disait Gabriel, si vous avez une bague, ôtez-la. » En effet, l'or lui-même, que nous admirions tant, cet or que les fouilles sortaient de terre, après des millénaires, aussi rayonnant que s'il venait de chez le bijoutier, le mercure le délitait, l'effritait jusqu'à le faire disparaître et l'eau régale l'avalait carrément. Avec une pince, Gabriel en prenait une feuille dans un petit carnet et l'or, symbole de richesse absolue, se volatilisait. Etait-il nécessaire de développer les vanités du monde ?

J'entendais tout, au sens le plus fort du terme, c'est-à-dire que je comprenais, fortement, en un lieu où se confondaient la chair, l'esprit et le cosmos. Et tout y trouvait son compte.

Cet homme nous avait aimées, comme j'imagine que Dieu peut aimer, sans préférences, avec cette distance nécessaire qui donne du prix à l'amour, de loin, pour ce que nous n'étions pas encore et allions devenir, pour les possibles contenus du liquide en apparence limpide de notre être, pour les précipités et les couleurs que nous donnerions. Il ne les connaîtrait pas, il ne saurait pas qu'il les avait provoqués et nous ne penserions pas à l'en informer.

Il nous avait ouvert les chemins, et nous étions parties.

En ces jours blancs, Gabriel fut l'un de ces catalyseurs dont il nous avait parlé, qui semblent ne pas intervenir dans les réactions chimiques car on les retrouve inaltérés dans le bilan final. Mais leur seule présence oriente le mélange vers un but déterminé et active la transformation. Il avait joué ce rôle. Et il continuait. Je ne l'avais pas revu depuis le jour où nous nous étions rencontrés dans la librairie et pourtant, grâce à lui, ce que je vivais, chaotique, devenait cohérent, un regard bleu acier me cravachait sans cesse, m'empêchait de me perdre, me forçait à regarder ma vie autrement. De telle chose infime, je me disais qu'elle était à sa place – le fruit de la glycine près des quelques feuilles dorées qui restaient aux branches tordues, oblong, velouté, pendu par un pédoncule fin, comment n'avais-je pas vu qu'il ressemblait à une chauve-souris ? Certains détails des films de

Michel Cans, une rue où je passais, une visite inattendue à la clinique, une rencontre dans le couloir, c'est par lui que j'en comprenais le sens.

Et pourtant, je ne savais rien de sa vie qui s'était déroulée sans moi. J'ignorais de quel pays il venait, qui étaient les siens, son épouse, combien il avait d'enfants, comment il avait aimé, de quoi il avait joui. Je n'avais vu qu'une seule fois, sous la galerie de la cour, une petite fille qui se serrait contre sa jambe et qu'il abritait sous son imperméable. Un seul regard sur sa vie d'homme et j'avais éprouvé comme un respect sacré. Même son prénom m'avait été longtemps inconnu. Il ne nous avait parlé que de métaux de transition, de la naissance du feu, de la machine à remonter le temps possible grâce au franchissement de l'espace, des ions, atomes, molécules, de ce qui paraissait figé et était en mouvement.

Maintenant nous parlions au téléphone et souvent le soir. Ce murmure dans la nuit s'ajouta à mes jours.

La voix arrivait, abstraite, comme si elle avait suivi depuis mon adolescence un chemin inconnaissable, souterrain ou aérien. Ce n'était pas le vieil homme qui me parlait mais celui de l'amphithéâtre de sciences. Il me disait qu'il m'aimait mais j'entendais cette parole comme il convenait, comme je l'avais entendue autrefois sans la comprendre quand son intelligence du monde se répandait également sur le troupeau de ses élèves où je n'avais pas une place privilégiée.

En ces soirs d'hiver nous parlions intrépidement – non pas des événements de nos vies mais de cela plutôt qui nous avait guidés dans notre avancée, du bien et du mal, de nos principes, des interdits – nous parlions sans peur et hardiment, comme seule la voix peut le permettre.

L'homme de ma vie, le seul vraiment réel, celui avec lequel j'avais partagé les réalités tactiles, odorantes, sonores et aussi les aventures de l'esprit, les engagements politiques, le pas à pas des jours, celui-là était entré dans une solitude où je ne pouvais le rejoindre que brièvement.

Lorsque je remontais vers cette chambre où se jouait une partie si serrée, depuis Gabriel, j'étais plus légère. Ce temps de notre vie ferait partie de notre aventure commune. L'année blanche, nous en parlerions souvent – pas pour l'heure, c'était trop tôt –, elle deviendrait une référence, un mètre-étalon au regard duquel bien des incidents de notre vie prendraient leur vraie mesure : mineure. Je soupçonnais même qu'elle changerait nos relations aux autres et d'abord aux plus proches, à nos enfants.

Il était en face de sa propre finitude. Non pas de celle que tout le monde connaît, abstraitement, et avec laquelle il avait longtemps composé comme nous tous le faisons en écrivant des poèmes où il se projetait après sa mort quand son « cœur pomperait de la terre et de la terre », quand il écouterait, au-dessus de lui, retentir les pas et les voix de ceux qu'il avait aimés. Il ne s'agissait plus de ce qu'il cherchait en entrant « tout seul, la mitraillette au poing », dans son crâne afin de trouver ce qui se cache « dans les circonvolutions cérébrales », la mort peut-être, incarnée par une femme « nue, dépeignée, et blanche ». Il ne s'agissait plus de cette certitude-là ni de toutes ses phrases qui brillaient comme des feux sombres mais de ce que l'on sait, sans langage, dans le moindre mouvement des viscères, des poumons, de la chair. Des sensations vives et inquiétantes qui se mêlaient au désespoir, intense et bref, de voir la vie s'arrêter avec toutes ses douceurs.

Ce qu'il recevait des gens qui l'aimaient, les moindres signes de tendresse, lui mettait les larmes aux yeux et le réchauffait. Il était devenu sensible comme un enfant.

Il me montrait des livres, des fleurs, des friandises, des lettres. Il disait : « Mon frère est passé », « Claudine a téléphoné », « J'ai eu un mot de l'Association, tout le monde a signé ».

Moi, en face de cela, j'en étais à la pirouette du temps circulaire, au vertige de manège des magasins d'images, à cette voix – encore des mots – de mon premier maître qui me menait dans le passé ancien et clair. J'allais et venais dans le temps en un jeu périlleux mais non mortel, tandis qu'il était rivé au présent et à un corps qui ne s'exprimait pas avec des mots.

Dans la ville proche, durant des années – lycée puis faculté –, j'avais marqué des itinéraires. Je les trouvais sans les chercher dans des promenades désordonnées. Il s'y mêlait une nouveauté qui ne les déparait pas, les circuits du tram qui glissait au milieu de l'herbe, presque aérien, avec un chuintement aussi doux que le silence et un tintement de clochette de couvent.

J'achetais des mandarines. Je les déshabillais tout en marchant et les mangeais, trop froides. Leur odeur qui restait longtemps aux doigts me ramenait aux goûters des alentours de Noël, aux soifs impérieuses d'hiver, à l'eau de la fontaine qui les calmait, si glacée que je pouvais en suivre le trajet de ma bouche à mon estomac.

Dans l'ombre montante, la géographie des lieux se peuplait des trésors jaillis des itinéraires anciens. C'était le Creps où nous nous rendions pour les heures de plein air, encore campagnard, la rue de la Garenne, rectiligne, que le couchant traversait de part en part. Nous rentrions à l'internat, le soleil dans le dos, en mangeant le fruit du dessert de midi gardé en réserve. C'était le troisième étage où j'avais vécu la première année de mon mariage – je levais la tête vers le balcon –, où j'avais connu avec lui la toute première intimité des couples qui gêne encore aux entournures, les moments du lever, des repas, la joie grave des corps. C'est là qu'un matin, dans la baignoire, j'avais senti à travers la paroi abdominale une grosseur comme une orange dont je pouvais suivre le contour, l'enfant, ce premier fils dont j'allais recevoir la révélation de l'éblouissant amour, si spécifique, qui me liait à lui « à la vie et à la mort ».

J'empruntais les petites rues où j'avais couru, poursuivie par les CRS. La place de la Préfecture était la même, les grilles aussi, devant lesquelles je m'étais assise avec les non-violents pour protester pacifiquement contre le regroupement des suspects algériens dans le camp militaire du Larzac – plus tard, le Larzac, avec les mêmes non-violents, deviendrait un des lieux et des temps de ma vie. On m'avait embarquée au poste de police, photographiée, fichée comme l'on dit, et j'en étais assez fière.

Ici, il y avait le cimetière Saint-Lazare. J'y venais car j'aimais emprunter le chemin de la Justice qui débouchait sur celui de la Solitude-de-Nazareth. Ces dénominations que je trouvais poétiques, il me faudrait trente ans pour en connaître le vrai sens.

Là, la maison de ma couturière qui fut si désolée de coudre ma première robe de grossesse et pleura, à ma place, ma taille fine perdue.

Ce n'était pas un déroulement de ma vie, seulement des bribes presque aussi incohérentes en apparence que les films sans scénario et non montés du Centre. Les lieux étaient immuables dans leur mutation et j'étais passée là, comme les visages éclos et disparus des vidéos. Je me percevais semblable à ces morts furtifs et sans poids, à cette multitude qui bouge, rit et s'efface.

En allant dans la pluie tiède, avide de respirer et de bouger dans tous ces lieux de ma jeunesse, je n'avais rien à faire qu'à être docile pour accueillir ces instants, non pas oubliés mais poussés loin, en moi, par la mémoire, cette utile dévoreuse qui débarrasse l'esprit, sans cesse, pour faire place à la nouveauté, qui nous allège des morts qui sans cela nous engloutiraient. Mais comme les films, autant que Gabriel, me tournaient vers les choses achevées, je sassais la terre de la mémoire avec des tamis de plus en plus fins. Comme les archéologues, mais plus aisément qu'eux puisqu'il me suffisait de me laisser aller, je rapportais de ces débris qu'il faut recueillir avec une pince d'orfèvre. Des tonnes et des tonnes de terre inutilisable et vide avant de tomber sur un élément difficile à identifier. Toutefois je savais désormais qu'un jour, j'ignorais quand, la tesselle prendrait sa juste place dans la frise ou dans le geste de Bacchus qui jusque-là tendait vers les nues on ne devinait pas quoi. Et l'on découvrait soudain que c'était une grappe.

La ville encore village où était installée la clinique, vide de moi mais qui un jour, dans le futur, serait marquée par mes divers trajets, je la nourrissais pour le moment de l'étendue de mes jours. Brutalement, ils convergeaient, à chaque instant d'un présent incandescent. En permanence tombaient en moi neige et poudre d'or. Tout était transfiguré.

Près de la rivière je voyais des pêcheurs. Très rapidement, malgré le harnachement des imperméables, j'en repérai deux. Je commençai par les saluer, puis de jour en jour j'entrai en conversation avec eux.

L'un me parla des carpes, brochets et sandres qu'il attrapait dans ces eaux vives. Il s'était installé juste au-dessus de la chaussée, où la rivière s'élargissait. Des colverts bruyants habitaient sur les bords et juste avant la chute de l'eau sur la crête cristalline passaient des poules d'eau noires aux pattes rouges. L'homme, heureux, le geste doux, parlant volontiers, emperlé de pluie, c'était mon père, bien sûr. Rien de plus légitime qu'il ressuscitât au bord d'un cours d'eau, une canne à pêche à la main. Quelquefois, je me contentais de m'appuyer à la balustrade de bois et je le regardais sans rien dire, comme je l'avais fait si souvent près de mon père qui m'imposait silence et communiquait avec moi par gestes. Etait-ce utile de se taire ou simplement rituel ?

L'autre pêcheur, installé en face de l'une de ces falaises de tuf ocre qu'affectionnent les guêpiers, ne s'intéressait nullement à la qualité de la chair, seulement à la quantité de proies pêchées. C'était un habitué des concours. Il en avait gagné plusieurs. Son organisation pour perdre le moins de temps possible était remarquable. La boîte à casiers multiples posée devant lui était remplie scientifiquement – très près de la main gauche, les crins, les plombs ; vers le milieu, ce que l'on n'utilisait que rarement, un plomb plus gros, des bouchons spéciaux, l'épuisette se déployant mécaniquement, prête à être saisie. Il me montra une de ses inventions, une épingle à linge bricolée avec laquelle il montait les hameçons sans avoir à sortir et à chausser ses lunettes. Il arrivait à gagner jusqu'à une demi-minute. Nous bavardions entre gens compétents. Des hameçons, j'en avais fixé pour moi avec patience, quand je me mis, vers les douze ans, à pêcher près de mon père, vairons et goujons pour la friture. J'en avais monté pour mes fils, et je continuais pour les petits-enfants. L'enroulement du fil, la boucle pour tenir solidement le minuscule crochet, étaient des gestes qui couraient sur toute ma vie. L'eau de la rivière, devant nous étale, butait en face contre le tuf où elle avait creusé de larges surplombs. Dans l'un d'eux, sans couverture, un errant recroquevillé dormait suspendu au-dessus du vide, comme s'il allait à chaque seconde y tomber.

Le pêcheur aimait parler. Peut-être pas au moment des concours mais là, il était à l'entraînement. Dès le premier jour il me dit qu'il était pied-noir et avait travaillé pour la prospection pétrolière dans toute l'Afrique. Je sus tout de ses opinions sur les peuples fainéants et la manière de s'y prendre avec eux. Le froid humide montait dans le val déserté par le jour.

Cette fois-là, mes deux fils appelèrent, l'un après l'autre, et c'est glacée et mouillée mais le cœur réchauffé que je remontai vers le malade, à l'étage du vent.

Deux fois par semaine, je retrouvais les vidéos que bientôt je nommai avec un possessif « mes vidéos ».

Lorsque je fermais les volets de la salle de consultation et m'approchais de l'écran, je pensais à Joë Bousquet, à sa chambre volontairement obstruée du côté du monde extérieur, où dans le cercle de lumière d'une lampe un homme laissait entrer ceux et ce qu'il voulait. Il arrêtait le vrai monde, la rue, la ville vivante au seuil de cette pièce et, comme le Dieu de la Genèse, il créait l'existence ou le néant, en n'appelant dans sa chambre au sol carrelé de noir et de blanc que les élus de son esprit et de son cœur. Ce damier annonçait le jeu dont il avait lui-même établi les règles. J'imaginais assez les visiteurs avançant prudemment, de case en case. C'est ce que j'aurais fait si j'avais pu franchir la porte de verre qui gardait l'espace devenu vitrine de musée dans la maison même de Bousquet devenue Maison des mémoires. J'aurais posé les questions essentielles de l'être et du non-être, des deux bouts du temps, à cet allongé qui, à un certain moment, avait décidé d'augmenter son immobilité et de convoquer, rivé à son lit, les quelques-uns qu'il sortait des ténèbres, pour le langage et par le langage.

Comme Bousquet j'obscurcissais le vrai ciel ruisselant avec le rideau et accueillais et donnais vie avec la manette aux ombres des années cinquante et à leurs camaïeux de gris et de blanc.

Dans un premier temps, j'allai à toute vitesse, j'avalai avec avidité et sans ordre, ou sans chercher leur ordre, ces images dans la certitude inespérée que je pourrais, à mon gré et autant que je voudrais, voir et revoir.

Souvent je sentais bien que quelque chose m'avait échappé. Mais j'étais sûre que ce n'était pas, comme dans la vie, perdu pour toujours. J'avais beaucoup exploré les mémoires vivantes, les lisant et les relisant de rencontre en rencontre, découvrant à chaque fois des détails supplémentaires. Puis un jour la mort arrivait et telle chose imprécise, telle question resterait pour toujours sans réponse. Mais là, quand, après le mot FIN, l'écran se remplissait d'une sorte de sable secoué par la vague, quand un néant de cendres se substituait aux images, à la panique incontrôlable que tout fût perdu sans remède, se substituait un intense soulagement. Non seulement il y avait cette vidéo pour la consultation mais aussi des copies et, à l'abri et bien gardés du temps par une hygrométrie convenable, les précieux films de Michel Cans.

Ils seraient toujours consultables et cela n'avait rien d'une magie de sorcière, c'était la chimie des images réelles imprimées sur la pellicule. En surimpression je voyais le livre de physique, les pointillés qui figuraient les rayons lumineux, les images renversées sur la rétine et que le cerveau remettait à l'endroit, ainsi que les images insaisissables – la mienne dans le miroir – qu'il était impossible de capturer car elles n'existaient que dans mon regard.

Je chargeais l'appareil de l'un des parallélépipèdes des cassettes, boîte magique dont je jouissais du contenu sans avoir à l'ouvrir. J'appuyais sur MARCHE. Les pulsations vertes au bas du magnétoscope n'étaient pas sans rapport avec celles des machines qui entouraient le malade.

La Valse des patineurs s'annonçait qui commence comme une sonnerie aux morts et se continue sur une musique légère. Tout dans la remontée de mémoire ne commence-t-il pas par une sonnerie aux morts, un appel pour faire sortir les choses mortes en attente de résurrection ? Et cela même que l'on s'est acharné à sauver, ne le découvrons-nous pas de peu de poids, à demi dissous, anodin ?

Dans une flaque de pluie se meut une image incertaine et ce sont des chevaux bâchés, partant avec l'araire. Souvent ainsi, le cinéaste donne le reflet – l'évêque reflété dans l'enjoliveur de sa somptueuse voiture, une fillette sur un ponton dans le miroir de l'eau, une acheteuse floue dans la vitrine du magasin.

Beaucoup d'enfants. Ceux des écoles qui dévalent l'escalier en courant avec leur veste à martingale, galoches aux pieds. Des tout-petits. Une fillette boudinée dans son tricot. Un bébé lisse comme une églantine. Une mère pousse devant la caméra ses deux petits endimanchés vêtus de laines claires, aussi gauches que des oisons. Une femme passe à toute vitesse le plat de la main sur les cheveux de son garçon et présente ce qui deviendra un chafouin visage d'homme. Derrière une vitrine un enfant grave et farouche comme un prisonnier.

Et puis rien. Rien de plus.

Certains s'amusent de la circonstance. Elle rit de tout son cœur en tablier de ménage, près de la fontaine. Un homme rit aussi en montrant la poignée de poireaux de vigne qu'il vient de récolter, l'autre se mouche tranquillement dans un mouchoir à carreaux grand comme une serviette. Une femme très vieille, mince, la taille fine, le geste jeune, coiffée d'un parfait chignon, tient comme un sceptre le balai de brindilles avec lequel elle nettoie son devant de porte. Une mimique rapide, un bref jeu de mains montrent qu'elle ignorait être filmée et que, d'abord, elle n'en croit rien.

Certains refusent la caméra. Une femme se détourne, discrètement, peut-être parce qu'elle porte ses vêtements de tous les jours. Une autre fuit après avoir tourné vivement le dos. Une met son fichu devant son visage, l'autre le journal qu'elle vient d'acheter. Ils ont les gestes de ces coupables qui, à la sortie du tribunal, refusent autant qu'ils le peuvent leur image aux photographes. Une court, se plie en deux pour essayer de passer sous l'objectif. Des hommes dans une rue saisissent la femme qui veut s'enfuir, la forcent à faire face. C'est une lutte rieuse où la femme gagne et s'échappe. Ils ne savent pas que le film n'est pas monté et que leurs efforts mêmes pour se dérober les rendront plus visibles. Un homme bien mis en pardessus et chapeau se dissimule derrière son porte-documents avec un regard hautain. Il est, par sa condition, au-dessus de qui amuse, intrigue, excite les pauvres.

Mais pour peu que les gens se croient à leur avantage, ils se campent. Ils s'immobilisent parce qu'ils n'ont encore que l'habitude de la photographie où l'on répétait : « Ne bougez plus », et ils pensent qu'ils risquent en remuant de faire rater l'image. Edentée, elle pose car son cou est orné d'un de ces beaux renards dont on gardait le museau, les pattes, et auxquels on mettait des yeux de verre. Celui-là monte fièrement dans sa voiture, la fillette actionne sa patinette à pédale. Dressé, cet adolescent aux cheveux gominés sur sa pétrolette. Arrogants et inquiétants, cette mère et son fils, endimanchés, aux mêmes visages bouffis de graisse, à trente ans de distance. Conquérant, ce mutilé et son pilon de bois.

Des séquences sont volées. Un coup de vent soulève une jupe et dévoile des mollets. Une sœur de Saint-Vincent-de-Paul passe dans le champ, comme une hirondelle. Des mains roulent une cigarette à partir de mégots. Deux femmes, de dos, portent chacune les insignes de leur âge, l'une des voiles de deuil, l'autre un chapeau blanc, comme un béguin. Une petite fille se débat, crie d'un grand cri silencieux que l'on croit entendre au fond de *La Valse*. Finalement elle s'immobilise, vaincue, suffoquée, les yeux remplis de larmes claires. Une femme étend du linge, les yeux baissés. Elle n'a rien vu. Personne ne saura ce qui tire les plis de sa bouche, quelle pensée amère, quel rêve impossible.

Je visionnais à la file, je n'avais envie que de me remplir, de devenir moi-même la réserve de ces films de poussière. Ils n'étaient ni des intrigues policières ni des films à scénario. Le mystère n'était pas obscurci pour mieux faire jouir de la découverte, il demeurait entier. Il était celui-là même des êtres que ne cherchait à percer aucun Dieu créateur.

Agde, toutefois, présentait un semblant de logique, un vague fil conducteur. Il débutait sur les marches noires de la massive église. Des pieds joliment chaussés les descendaient. Des jambes gainées de bas, des jupes de soie. Enfin apparaissaient trois jeunes filles en costume traditionnel, du moins ce qu'est sa représentation figée dans une époque et une classe sociale : fichus croisés perlés, bijoux de cou, bonnets en dentelle fine. Elles étaient jeunes près des colonnes noires, des balustrades si lourdes, si sévères. On les voyait périodiquement sans savoir où les menait leur déambulation. Elles allaient, c'était assez, leurs jupes soyeuses balayant la rue. Tout le reste était constitué de successions de récits annoncés, abandonnés et remplacés par d'autres, de personnages qui n'avaient qu'un rôle passager et qu'on ne revoyait plus.

Sur le marché autour de l'église apparaît une femme en habits agathois, une vraie celle-là, non pas déguisée mais vêtue. Elle traverse en coiffe immaculée où pendent deux rubans étroits, volant de part et d'autre du visage, au-dessus du noir intégral du vêtement, tandis qu'en arrière-plan une jeune fille marche, insouciante de la tradition, en blouse claire et jupe aux genoux, tête nue, taille bien cambrée avec des allures de chèvre. La poissonnière qui tient la raie à pleines mains, grave et ronde, a le même demi-sourire que le poisson. Près d'un autre étal, deux femmes portent un petit thon, l'une par les ouïes, l'autre par la queue. L'eau de l'Hérault est mercurielle. Le soleil froid est si éclatant qu'une femme sur le quai s'est confectionné d'un journal un cha-peau de gendarme. Une barque de pêche passe lentement, le carrelet tendu, prêt à être lancé.

La melette frétille, argentée dans la lumière crue des jours courts. Quelques-uns de ces menus poissons s'échappent des mailles et glissent dans le matin en gouttes d'argent. Des étoiles de mer sèchent sur la pierre du quai, le basalte dont Agde tout entière est bâtie et qui la fit nommer Agde-la-Noire.

Brièvement apparurent la Grande Conque et sa plage de sable noir, lieu de bonheur de nos enfances. C'était avant l'aménagement. Il n'y avait que quelques maisons sur l'étendue du sable. Du fond de l'eau, nous rapportions des pierres noires ornées de concrétions délicatement roses. Pour des raisons que j'ignore, certaines pâlissaient jusqu'au blanc et d'autres se gardaient d'un rose intense.

Le soir, quand mon fils était présent, nous allions encore au cinéma. Au vrai cinéma que nous aimons parce qu'il nous donne des récits cohérents.

La salle sentait le chien mouillé, car le temps d'aller du parking à l'entrée, tout le monde courait sous l'averse. C'étaient de bonnes odeurs humaines alors que la maison où nous rentrerions tout à l'heure avait perdu ses odeurs

domestiques, et plus encore depuis le grand nettoyage de l'inondation.

Nous entrions dans le noir qui ouvrait sur
une histoire, en couleurs cette fois et racontable
qui parlait à une chose en nous en attente. La
petite Yiyi avançait sous la pluie des cerisiers en
fleur, pleine de bonne volonté, prête à toute
indulgence pour comprendre et grandir. A travers l'espace, elle nous donnait des réponses.
Dans l'établissement de bains de *Shower*, le
temps s'était arrêté. Ce lieu de longues par-
lotes, de corps en apesanteur dans l'eau n'était
pas différent de celui des villages des années
cinquante. Les uns et les autres étaient déjà
condamnés par la marche du monde mais au
cinéma de la salle il y avait commencement et
fin – et je mesurais combien le mot FIN écrit au
terme des films de Michel Cans était abusif. Il
n'y avait jamais de fin, bien qu'il y eût sans cesse
des commencements. Dans *Yiyi*, dans *Shower*,
on entrait et on sortait, on n'errait pas comme
je le faisais pendant plusieurs heures au Centre,
on sortait mélancolique, regonflé, désespéré
mais non pas renvoyé au temps dévorant, aux
bouches sans voix, à notre inimportance.
Même *Suicides de vierges* arrivait à être

rassurant. Nous espérions des clés. Nous les trouvions. Dans les ruelles à escaliers bordées de minuscules maisons surpeuplées où les couloirs obligent, par leur étroitesse, à se frôler de façon ardente et chaste. *In the mood for love.*

Nous sortions brièvement illuminés. Nous allions manger des coquillages, un plat, souvent vers la mer toujours tempétueuse. Il arrivait que nous ne mangions pas. Nous rentrions vers nous-mêmes et nos chemins mais pas seuls puisque nous étions ensemble, étayés de la seule présence de l'autre et du partage de biens éphé-mères. Avec lui aussi je vivais des temps désac-cordés. Il était au seuil de la vie, moi j'étais lourde de vécu.

Quand il était absent je reprenais mon dia-logue avec Gabriel, longuement, dans les rues, dans les rayons de Leader Price où je rencontrais les habitants les plus humbles de la petite ville prospère.

Si nous ne parlions pas, il était présent quand même. Sa voix n'était pas nécessaire. Faisant volte-face je me tournais vers ma vie et la relisais de lui à lui, voyant enfin tout ce qui n'avait éclos que progressivement et que je lui devais. Un fil de lumière courait ainsi à travers mes ans. Serait-il mort que j'aurais écarté le fait comme négligeable : il y aurait un après-lui.

Le total était pourtant dérisoire des heures passées à écouter Gabriel. Deux années d'enseignement à quatre ou cinq heures par semaine, moins les vacances et rien en dehors. C'était moins que la plupart des amitiés que j'avais vécues – j'étais pourtant très infidèle –, bien moins que les amours importantes de ma vie – surtout le premier, au sortir de l'enfance, qui m'avait habitée quatre ans, intensément et à chaque instant. Pourtant, celui-là n'était plus qu'un souvenir intégré à ma chair et à ma mémoire, digéré, alors que Gabriel, malgré la brièveté de ce que l'on ne peut appeler une relation, continuait à se diffuser en moi.

Je le vis deux fois en cette période. Je m'arrêtai chez lui un soir où j'avais faim. Il m'offrit un en-cas qui lui ressemblait. Tout y était délicat et choisi pour me convenir. Impossible de détailler mais pain, salade, jusqu'au café, tout était parfait. Je dégustai ces bouchées délicieuses sous son regard bleu comme le revêtement des routes peut être bleu après la pluie, dans une joie et une paix étales et pleines.

Lors de la deuxième rencontre, je lui demandai de voir des photographies – j'avais appris, entre-temps, que faire des clichés et les développer avait été un de ses loisirs. Ne connaissait-il pas tout des émulsions, des sels d'argent et de l'hyposulfite ? Il crut qu'il s'agissait de celles prises à l'internat. Il les apporta. Mais ce que je désirais, ce n'était pas me voir ou voir mes anciennes camarades. J'avais envie de connaître le visage de sa femme, de revoir cette petite fille abritée sous son imperméable, qui dans mon souvenir était blonde et frisée, et dont l'existence près de cet homme aimé avait pu me paraître l'image même du bonheur.

Je vis des groupes d'écolières sur lesquels je ne m'attardai pas. J'en vis une où la classe posait devant la porte du grand amphi. Les visages s'effacèrent au profit du miroitement des vitres, loin derrière eux. C'était bien le porche initia-tique par lequel, heureusement, j'étais un jour entrée en connaissance.

Je vis l'enfant. Je vis cette épouse – décédée – avec laquelle il avait vécu les heures des jours et les heures des nuits. Ce n'étaient que des miettes – comme les films où je m'enfonçais –

mais elles étaient suffisantes pour qu'il prenne chair. De cliché en cliché, sa vie de couple et de père se mettait à ressembler à la mienne. Quittant les grandes lois qui régissaient les planètes et les hommes, il atterrissait près de moi.

Même si je ne le voulais pas, je le vis tel qu'il m'était apparu. Et devant son évidente beauté, je compris que je l'avais non seulement aimé mais désiré.

Et si, à cette époque-là, j'avais connu le plaisir avec lui, s'il m'avait donné ce corps si puissant, que fût-il advenu ?

Mais si je n'étais qu'une gamine écervelée incapable de résister à des bras ouverts, lui devait savoir ce que j'avais appris peu à peu : que l'on accorde à l'étreinte un pouvoir démesuré. Parce que le corps est mesurable, le caresser des mains et des lèvres donne l'illusion et de posséder et de connaître.

Je n'avais pas plus donné de moi une fois nue, je n'avais rien reçu d'irremplaçable de l'homme nu. J'avais pu prêter mon corps au jeu amoureux et refuser la moindre pensée. L'audace du langage m'avait plus appris que celle des gestes et j'avais plus donné de moi en me confiant à certaines heures nocturnes et chastes, plus reçu de part vraie de l'autre qu'en partageant le lit aux draps ouverts.

J'avais vécu cela avec un homme duquel je ne fus, jamais, le moins du monde amoureuse et qui ne le fut pas du tout de moi. Nous avions eu l'opportunité de parler longuement, tard le soir, dans un café bruyant qui ne se prêtait à aucun courtisement – ce dont nous n'avions nul désir. A cause de cela sûrement, de l'absence d'enjeu, d'un quelconque avenir, d'aucune exigence d'aucune sorte il me parla de lui et osa ce que l'on cache d'habitude parce qu'il y a demain, et, justement, l'amour. Il me confia un agenda et un pli à remettre à ses enfants, au cas, disait-il, où « la vie viendrait à lui manquer ». Je possède toujours ces messages. Souvent, à les voir, je suis effarée du point où nous étions arrivés, par la seule parole et en si peu de temps pour qu'il me charge d'une telle mission de confiance.

Il y a d'autres êtres que j'ai pu approcher avec, entre nous, le désir tenu en respect pour de multiples et excellentes raisons. Ces heures de cœur à cœur m'ont laissé des souvenirs plus vifs que ceux qui me restent des étreintes.

J'avais plus reçu de Gabriel que s'il m'eût jamais touchée. Je n'avais pu le comprendre qu'au fil des ans. Son passage, sa longue absence, son retour avaient donné cohérence à ma vie.

Une absence, un désir, inconnu alors, et jamais sentis comme tels. Les petits de l'araignée auxquels la mère a préparé la nourriture nécessaire à la survie ne se sentent pas orphelins.

Et j'allais, sans déception et avec le même bonheur, du magnifique homme jeune au vieil homme magnifique qui me tutoyait comme dans l'amphithéâtre de sciences, sans que je pusse ni hier ni aujourd'hui en faire autant. Il n'était ni mon père, ni mon frère, ni mon ami, ni mon amant, mais il était encore mon maître.

A la clinique, lentement, les choses allaient mieux. Il nous arrivait de manger à la cafétéria, haut perchée, plus haute que les grands pins pignons, sorte d'arche dans les intempéries dont les vitres tremblaient sous les bourrasques.

Nous y croisions, mêlés, personnel soignant, médecins, infirmiers, chirurgiens, occupés comme nous, banalement, à se nourrir. Tout d'un coup, voir tous ces gens, dont nous avions attendu les verdicts, rire, discuter politique, parler de spectacles, de restaurant, de voitures, nous faisait à nouveau rentrer dans la vraie vie. Il s'appuyait encore à mon épaule ou pesait – plus lourdement parce qu'il les savait plus forts – sur l'un de ses fils, mais il était debout, enfin prêt – pas pour demain, mais cela s'annonçait – à fendre le bois, à débattre, à organiser, à s'opposer à moi, à allumer le feu. Comme avant. Plusieurs fois, à mon arrivée, il dissimula une feuille de papier. Il s'était donc remis à écrire, à faire, comme il disait, ses gribouillages.

Durant ses visites, notre chirurgien parlait maintenant de convalescence, d'hygiène de vie, de fréquence des contrôles. Puis il parlait d'autre chose.

L'idée de nous retrouver à la maison n'allait pas sans quelque panique. Toute démesurée, aseptisée et répétitive que fût la clinique, nous nous y sentions en sécurité.

Nous arrivâmes un peu avant Noël. Nous étions éloignés des services, des unités médicales entre lesquelles on se démet. Maintenant, tout dépendait de moi et j'avais peur de tout : des escaliers, du froid, d'une chute, d'une rechute.

La nuit, comme du temps de l'enfance de mes fils, j'écoutais sa respiration, je posais ma main, discrètement, sur cette jambe que j'avais peur de trouver froide. Quand je la sentais vivante et chaude, j'éprouvais une fragile sécurité de l'instant, comme au temps où nos enfants étaient petits et où nous venions en hiver dans cette même maison avec le feu de cheminée pour tout chauffage et où je restais près des braises en attendant qu'il ait réchauffé ma place dans le lit glacé. Il se poussait dans les zones froides et je me glissais dans la chaleur délicieuse, j'écoutais le sommeil des enfants sous leurs édredons rouges gonflés de plumes. Dans la nuit des collines pleines de cris de chouettes et d'abois de renards, saisies de froid, où la terre était durcie à ne garder aucune trace de pas, aucune empreinte de bêtes, je savais qu'il y avait là, sous ma main, menacée par les ans et les hommes, la perfection du bonheur.

Et je me retrouvais, dans ces mêmes collines toujours aussi solitaires, encore plus menacée qu'autrefois, dans le même bonheur précaire. Je ne lui demandais plus de se pousser du côté des draps froids mais me serrais contre lui pour le réchauffer.

Nos fils vinrent nous voir. Toute leur attention, leurs conversations joyeuses et encore un peu forcées – « Tu t'achèteras un vélo d'appartement », « Tu t'inscriras à la piscine », « Tu iras faire une cure de thalasso » – étaient pour leur père. Nous n'avions plus ces échanges graves des couloirs de la clinique où je donnais les vraies nouvelles. J'étais sur le bord des choses. Avec mon second fils, je pouvais mettre dans les périodes révolues ce temps désertique et intense où nous partagions la maison vide. Aussi révolu que Louis et Iris maquillés comme des coléoptères, attentifs à garder sur leurs joues et leurs fronts le masque brillant de la joie, révolu comme la petite presse à fleurs où j'avais découvert des feuilles et des fleurs friables et transfigurées par la transparence et la douceur de soie, les coloris évanouis et les nervures des limbes aussi étonnantes que le réseau des veines, révolu comme les femmes à la fontaine des vieux films. Révolu et infiniment précieux, et retrouvable dans le cercle des jours.

Pour un temps j'abandonnai le Centre, mais je portais en moi tant d'images qu'à tout moment elles interrompaient, grises et blanches, les jours courts et les nuits longues. Le geste gracieux d'un homme jouant la femme dans le cortège de Carnaval. Des têtes dans la foule, un jour de fête, brillantes des bouclettes d'une indéfrisable que l'on avait faite pour la circonstance. C'est harnaché, *brillantiné*, Roja ou Cadoricin, que l'on sortait sur cette place où hier on était passé vêtu à l'ordinaire. Un père installait son enfant, très jeune, sur une murette avant de le laisser seul, en équilibre instable, au bord des larmes. Seul au monde, comme nous laissent ceux qui nous aiment, comme nous devons laisser un jour ceux que nous aimons.

Un matin, je me réveillai à cette heure que j'aime où s'éclaire à peine la cime de la colline du côté où tout se lève, la lune et le soleil.

Ici, lorsque l'on veut parler de l'immensité du temps, non pas de celui d'une vie d'homme mais du temps cosmique qui nous englobe, il y a ce dire populaire et royal : « La mère des jours n'est pas morte. » Son ancienneté ne fait aucun doute. Cette déesse féminine du temps, si essentielle que l'on ne peut rien concevoir sans elle, renvoie à des époques préchrétiennes, aux animistes, aux peuples des Cyclades, à la Vénus de Lespugue, aux statues-menhirs du chalcolithique sans bouche. C'était avant Chronos et Jéhovah.

Ce matin-là je me mis à songer à ces œufs pondus à l'infini et réduits en cendres quand le soleil arrivait du côté de l'horizon où tout se couche. Des cendres tombant sur des cendres, écrasant, réduisant les cendres d'hier et d'autrefois. Le temps pondant et détruisant sans cesse. Ma mémoire n'arrêtait pas de fouiller dans l'amas pâle comme dans les humbles vestiges des films. Mes souvenirs et les images sortaient de la naissance et de la mort quotidiennes des jours.

Je mis pied à terre. A ce moment-là, il arriva sur ma langue une dent. Doucement, en glissant, elle quitta son alvéole. Je la regardai dans ma main, intacte. C'était une molaire.

Pour une raison que j'ignore, je n'en parlai à personne. Je la pliai dans un papier et la cachai mais impossible d'oublier ce qui s'était produit. Je passais la langue, souvent, dans l'espace laissé vide. Il me semblait même voir sur ma joue la légère dépression que créait cette absence. Je sentais l'importance de ce que j'étais bien forcée de regarder comme un signe mais je refusai de creuser les sens multiples de cette séparation.

Quelques jours après, la maison de retraite où se trouvait notre tante nous avertit que la fin s'annonçait.

Jeanne, depuis plusieurs mois, était dans cet ailleurs que nous trouvons si terrifiant. Il ne restait que la carcasse solide d'une femme qui n'avait jamais été malade. Si elle refusait de manger, c'est que la bouche est fortement liée à la pensée, à l'affectivité, aux souvenirs, aux paysages, autant de choses qui nous ont tenus droits. Non seulement la bouche mais l'estomac et l'intestin pensent. Comme l'esprit. Tous deux disaient qu'elle ne voulait plus vivre. Mais elle respirait et son cœur battait, lui dont le mouvement obstiné échappe au vouloir.

En allant la voir, un jour, je la trouvai, comme d'habitude, sur son fauteuil où des sangles la maintenaient, mais elle était tombée en avant. La tête sur les genoux, elle raclait le plancher très soigneusement. Elle cherchait au sol, en vain, l'invisible. Peut-être cette position lui rappelait-elle le ramassage des pommes de terre ou d'autres de ces travaux auxquels elle était astreinte dans les champs, avec les femmes, autour de cette maison où nous habitons – binage de la vigne, liage du blé, déchardonnage des céréales, ramassage des fraises, des haricots, des carottes, sarclage des betteraves –, avant qu'elle ne quitte la terre pour partir travailler en ville.

Pliée en avant, cramoisie, elle était près d'étouffer. Je la relevai mais le torse se courba encore vers l'avant. Il valut mieux la coucher.

Elle ne devait pas se relever. La fin, effectivement, avait commencé, mais cela pouvait durer. Combien de temps ? Impossible de prévoir jusqu'où irait l'acharnement du corps. Malgré sa maigreur, il y avait dans ses mains – des mains énormes et noueuses, des mains de travail – une force inattendue et ses mouvements inutiles avaient une violence surprenante.

Le froid était venu mais l'air restait humide. Des brouillards agités de vent perçant les vêtements les plus épais rendaient pénibles les marches qu'il devait faire impérativement au quotidien. Il utilisait maintenant une seule canne. Je m'amusais à lui dire : « Tu fais canne, comme les riches », expression très tendre qui se dit à ceux qui ont besoin d'aider leur marche, pour les renvoyer à un état social envié et non à des misères provisoires ou définitives. Quand nous rentrions, c'était pour consulter le répondeur et voir si la maison de retraite n'avait pas téléphoné.

Le temps était suspendu à un souffle qui allait s'éteindre. Elle était mortelle au sens où l'on emploie cet adjectif dans le pays pour désigner la mort imminente. Au cours des maladies dont on se remet, on dit volontiers : « Je ne suis pas mortel », cela signifie : pas pour cette fois.

Y pensait-il à la mort, devant celle qui avançait sous nos yeux ? Si je lui avais dit que j'épiais sa respiration, il aurait protesté, comme sa mère, en affirmant qu'il n'était pas mortel. Aussi, je plaisantais en lui faisant remarquer qu'il utilisait une canne, comme les riches. Comme les riches, et non comme tous les vieux.

Jeanne aussi avait aimé faire canne. Elle s'était servi d'abord de la canne de son patron, l'homme révéré qu'elle avait servi quarante ans et avait mené jusqu'à la mort. Avec ce bel objet – qui au commencement était plus ornemental qu'utile –, son pommeau orné, son embout de cuivre, elle se situait en effet du côté de ceux qu'elle avait servis. A mesure que l'âge la rangeait près des rhumatisants ou des malades, elle s'était servi de l'une, puis de l'autre canne de ses frères, en bois ordinaire et non plus en acajou. En douceur, à travers un objet significatif, elle s'était approchée de cette fin qu'elle atteignait à quatre-vingt-dix ans.

Quand nous allions la voir, nous la trouvions paisible sur son lit. Ses traits, sa bouche sans dents – n'oublie pas qu'une, pour la première fois, est tombée de toi – me ramenaient à tous ces visages en bout de course, avec leurs regards vides et doux que Michel Cans s'était plu à filmer après les paupières lisses et les regards pétillants de la jeunesse.

Notre maison, nouvelle par cet homme fragile, par les gestes à réapprendre, par tout ce que j'avais vécu depuis un an, par le brouillard qui nous cernait et qui, un beau matin, se transforma en longues épines de givre, par cette vieille femme sur le seuil ineffable de la mort, cette maison était celle-là même où elle était née. Elle avait toujours demandé comme une grâce d'y revenir une fois morte pour un passage, une sorte de rite. Ce désir d'entrer dans l'éternité à l'endroit même où elle était entrée dans la vie n'était pas difficile à réaliser. Il suffisait qu'elle soit ramenée à temps pour que la dernière respiration se fasse dans le lieu même de la première.

Nous n'avons pas quitté la maison et refusé les repas de fête, toutes les invitations affectueuses des amis. Nous étions seuls dans le brouillard et le froid.

Noël approchait. A huit heures chaque soir, j'entendais depuis la crête où est située la maison, et en dépit des kilomètres nous séparant du clocher, la sonnerie particulière aux dix jours précédant la Nativité et que l'on nomme Nadalet, seul reste d'anciennes vêpres. Nadalet me parvenait à travers le froid, net et joyeux, porté mieux encore par l'air embrumé que par l'air sec.

C'était, en cette vigile, la solitude à deux, lui encore appuyé à moi. Il n'y avait plus de ville où aller marcher, plus de rivière, plus de cinéma à l'UGC. Gabriel s'était retiré dans l'ombre. Nous ne nous parlions plus. Il me suivait, sans paroles, sur fond de vent, comme la valse accompagnait la multitude des images muettes dont j'étais envahie.

Le soir du 24, il se remit à pleuvoir, de la pluie glacée cette fois. Pour la première fois j'acceptai d'aller à la messe de minuit de dix heures du soir, qui était celle de tous ceux qui hésitent à veiller. Il me manqua l'attente du moment où la procession amènerait l'enfant de cire à la crèche, la poésie naïve et forte des chants populaires célébrant le mystère, l'instant précis où la nuit bascule dans le jour annoncé par la volée des cloches et la vraie messe de minuit célébrée à minuit. J'eus *Il est né le divin enfant*, à dix heures du soir. Qu'importait, après tout. L'essentiel n'était pas là.

On nous amena Jeanne, le 29 décembre.

Le râle s'était apaisé en une respiration imperceptible d'enfant repu. Nous attendions qu'elle s'éteigne.

Je parlai d'extrême-onction mais le prêtre du

village me fit remarquer qu'elle l'avait reçue en septembre, au cours d'une cérémonie collective célébrée à l'entrée de l'hiver. C'était une pratique qui s'était instaurée quelques années auparavant. Jeanne m'avait expliqué cela avant de sombrer dans l'absence. Y avaient droit tous ceux qui se jugeaient ou que l'on jugeait mortels – et à la maison de retraite, tout le monde. Bien entendu, pour cette cérémonie collective, le rite avait été simplifié – oindre tant de mains, de pieds, d'oreilles, de nez et de bouches ! Cette belle céré-monie de préparation au combat de la mort accomplie dans la maison du mourant qui faisait de lui cet être précieux vers lequel venait l'Église parée et tout occupée de lui, est désormais pra-tiquée en série. On met en réserve ce qui peut-être servira, peut-être ne servira pas.

J'avais demandé à Jeanne s'il y avait une date limite au-delà de laquelle le sacrement était périmé, comme pour les yaourts. Mais insensible à mon humour et peut-être choquée, elle avait rétorqué que si l'année suivante elle n'était pas morte, elle recommencerait. Depuis, chaque année, elle l'avait reçue, les deux dernières fois sans bien comprendre. Elle murmurait des prières. C'était ce bastion-là d'ailleurs qui avait été le dernier perdu. En entendant les antiennes, sa bouche, par une habitude de toute une vie, se mettait en mouvement pour les répons. On ne distinguait pas ce qu'elle disait mais elle joignait ses grosses mains et agitait les lèvres.

Il n'y avait rien à faire près de ce corps paisible. Les mains tranquillement posées sur le drap ne cherchaient plus à cueillir quoi que ce soit.

A un moment, le mécanisme de la respiration s'arrêta comme s'arrêtait le ressort des poussins ou des grenouilles de métal peint, montés avec une petite clé dont le picorage ou le saut d'abord se ralentissait puis s'immobilisait pour repartir une, deux fois, lentement, et recommençait avec des redémarrages de plus en plus espacés.

Cela dura. Si bien qu'il est impossible de dire exactement quelle fut l'heure de sa mort. Rien ne l'annonça. Dans le grand mouvement du monde illuminé pour la fête, dans les rues agitées et froides où persistait la lumière grise, elle glissa. Que cette respiration s'éteignît ne changeait rien à rien. S'il avait manqué un seul flocon à la neige désordonnée de l'écran après le mot *fin*, qui s'en fût aperçu ?

Un crucifix. De l'eau bénite dans une soucoupe. Et un rameau de laurier-sauce cueilli près de la maison. Un cierge de Chandeleur. J'en avais trouvé toute une gerbe dans un tiroir d'armoire déposé là après la messe du 2 février en prévision, justement, de la mort. D'année en année, elle les avait mis de côté. L'un d'eux était passé entre ses mains et elle n'avait pas su qu'il éclairerait son dernier visage.

Des napperons. Un beau drap brodé et amidonné. La taie d'oreiller assortie. Amidonner le linge de table et de maison était sa gloire et lui venait de sa deuxième éducation, celle donnée aux domestiques des grandes maisons par les bourgeois eux-mêmes. Comme broder. Aux heures de tranquillité dans le salon, près de Monsieur, elle s'occupait à un bel ouvrage. Des jours. Des ramages, des lettres rembourrées et ornées. Monsieur présentait Jeanne comme sa gouvernante. Mais elle faisait tout. Le récurage du plancher, le brillant des meubles, la lessive, la cuisine, le bain du maître, jusqu'à cette conversation où il aimait qu'elle ait en main autre chose qu'un torchon ou des reprises à effectuer – une nappe, un retour de drap. Elle écoutait, elle acquiesçait d'ailleurs plus qu'elle ne parlait. Souvent, elle m'avait fait cadeau de l'un de ses ouvrages, une enveloppe d'édredon ou des rideaux que la raideur de la toile amidonnée rendait semblables à du papier éclatant.

Dans le gris du jour, la flamme du cierge éclairait les photos de ceux qu'elle avait aimés : ses parents, son frère cadet, son frère aîné, ses neveux, Monsieur bien sûr, et son unique arrière-petit-neveu, ce gros bébé qu'un jour d'été, sous les chênes, elle tenait sur ses genoux à une époque où elle venait nous voir à pied, portant dans un cabas la tarte aux blettes du souper. Sur la photographie prise sous les arbres, ces deux visages, le très vieux et le tout neuf, faisaient penser aux rapprochements pertinents de Michel Cans. L'un marqué, ridé, le vieil œuf du temps, prêt à tomber en poussière, l'autre tout frais pondu du matin même.

Un silence quasi religieux s'installa dans la maison où il n'y avait que nous et la morte.

Les employés municipaux ne creusent la terre ou n'ouvrent les caveaux ni le samedi ni le dimanche. Le lundi était férié. Les obsèques furent fixées au mardi après-midi. Le matin, lendemain d'un jour chômé, il ne fallait pas s'attendre à avoir grand monde. Déjà les gens de son âge, célibataires, « partaient seuls », comme l'on dit. Le petit groupe de ses amies, celui qui était fidèle à la messe de six heures du soir dans la chapelle du couvent, petite mais suffisante, avait été défait en quelques mois par la mort ou le départ dans les hospices.

Ce furent des jours de retraite solitaire. Nous

ne quittâmes la maison que pour la marche quotidienne dans les chemins boueux. Je me voyais
mal fermer la porte à clé et partir rire, boire,
manger et festoyer. Le convalescent se couchait
tôt. Les repas étaient légers. Pas de musique. Pas
de bruits tonitruants. Le vent mouillé contre les
arêtes des toits, un volet qui s'agitait dans son
arrêt, les rafales. Et la respiration du feu.

La gravité était répandue dans tous nos gestes,
sans tristesse, mais comment oublier que cette
mort eût pu être la sienne ?

L'enclos du cimetière où Jeanne devait être
enterrée n'était pas un caveau. C'est dans l'argile
que l'on creusait à chaque fois. Il y restait peu
de place, le dernier mort, le frère de Jeanne, avait
été inhumé il y avait moins de vingt ans. Mais
il était déjà si défait par cette terre acide et rouge,
déjà le cercueil de bois était devenu si friable
qu'il fut possible de le pousser pour faire place
au cercueil de Jeanne. C'était une pensée qui me
convenait. En occitan on le nomme « la caisse »
et j'aimais ce nom trivial car il n'y a pas de plus
grande trivialité que la mort, au sens de
commune et égale pour tous. Seuls les riches ont
pensé que leur mort pouvait être autre chose
qu'un événement terriblement ordinaire. Et ils

ont inventé pour eux des cryptes, des caveaux, des mausolées, ils ont entassé sur le marbre d'autres marbres, des statues, des draperies. Mais nous, nous aurons, mais Jeanne eut, la caisse et la terre.

De la maison au corbillard ses neveux la portèrent. Et cette prière me vint qu'ils soient là au moment où j'aurais retourné le sablier pour repasser le sable infime et brillant du vécu.

Puis il y eut la terre. Et que ce corps, légitimement, s'y fonde. Car nous sommes de la terre et nous n'avons jamais aimé que les choses terrestres.

Il neigea en janvier sur une végétation trompée par l'humide douceur, sur les bourgeons presque éclos du lilas. Il neigea avec constance plusieurs jours. Au soir du 1er, des fleurs de pâquerettes et de chicorées émergeaient de la couche qui s'épaississait. Mais dès le lendemain tout fut largement couvert.

Et le ciel devint clair. Il s'installa le véritable hiver de ce pays, froid et lumineux. La neige ne fondit pas d'une dizaine de jours. Elle alla en se durcissant, nous isolant dans un scintillement douloureux aux yeux. Il arrivait dans les coins les plus sombres de la maison une lumière inhabituelle qui venait d'une autre source que le soleil dans sa course hivernale.

C'était enfin une vraie saison. L'année reprenait ses rythmes, un futur lentement s'y logea.

Le froid blanc prenait à certaines heures des teintes d'hellébore.

Je partais avec les chiens dans les sous-bois au sol dur et sonore. La grande chienne blanche et celui que nous appelions le petit chien malgré ses quarante kilos, à cause de son âge, jouaient à se poursuivre à grands bonds de chevreuils.

Ce qu'il restait de neige écrivait dans le paysage des runes incompréhensibles mais longtemps visibles après le crépuscule ou dans l'aube à peine née, créant des jalons multiples dans la profondeur.

Je n'allais plus au Centre. Gabriel, je l'avais mis en réserve comme pour la nuit on recouvre de cendres la braise du feu. Mais l'un et l'autre m'habitaient.

C'est en cherchant à cette place même qu'ils occupaient en moi, en creusant dans les jours de solitude, que je compris une chose essentielle. Un homme pour des raisons qui n'avaient rien à voir avec l'œuvre d'art, en tout cas, sans l'intention d'en créer une, avait posé sa caméra en face d'un monde de visages. Mais sans moi, cette cause n'aurait jamais eu d'effet. Il avait fallu ce révélateur, ma démarche de les regarder, mais encore l'existence du Centre, mais plus loin encore les vieux Cans et mes parents liés par les boutures et les plançons, pour que se lèvent tant de pensées et d'émotions du monde des visages. De même sans le retour de Gabriel, jamais je n'en aurais connu les effets, comme autant de pierres qui m'avaient permis de traverser à gué, sur toute la longueur de ma vie. J'avais pu les lire à partir des jours blancs. Ainsi, aux extrémités du temps, partout, se trouvaient, interchangeables, causes et conséquences. C'est dans les runes de la neige que je compris enfin. Le temps non seulement n'était pas linéaire, mais il n'était pas non plus circulaire. Mieux que cela, il était sphérique. Et j'allais, je venais, je tournais dans cette boule dont le centre, à chaque instant variable, était moi, au présent, où les causes du passé comme du futur se rencontraient. Demain, après-demain, d'autres causes – ou conséquences – suivraient un chemin dans la sphère du temps, une hypersphère située dans une autre dimension que celle que nous connaissons.

Michel Cans se plaisait à filmer une ombre portée avant l'arrivée du sujet dans le champ. L'ombre avant l'individu ou le groupe comme s'il était précédé dans l'existence par une image de lui prévue et imprécise, l'ombre qu'il deviendrait. Comme tout le monde, enfant, j'avais joué avec mon ombre. Celle, distendue par le couchant, qui transforme l'individu en une de ces araignées aux pattes grêles, celle râblée où j'étais nanifiée comme dans les miroirs convexes, celle qui se réduit à une tache noire et informe autour des pieds, celle inexistante à la verticale du soleil. Mais regarder l'ombre des autres, je ne le fis qu'à partir du soir de Villespassan qui fut à bien des égards un soir décisif à cause de ce petit garçon en train de sauter en l'air dont il ne restait plus que l'ombre. Par une inversion des phénomènes, ce n'était pas l'individu qui en disparaissant effaçait son ombre, c'est l'ombre qui le supprimait, ou l'engendrait.

Je regardais l'ombre de mon époux avançant sur ses cannes, comme un grand faucheux. Je regardais la place où mon père aimait tirer son fauteuil, le soir, à l'ombre du fournial. Réelles ou virtuelles, les ombres jouaient dans l'hypersphère.

Un jour, je ne l'accompagnai plus dans ses marches. Quand j'allais le chercher, d'un coup de voiture, je m'étonnais de le voir avancer droit et rapidement. Il reprit ses rythmes. Moi aussi.

Je revins alors au Centre, régulièrement. Les premières fois, je laissais les repas tout préparés et téléphonais, soulagée d'entendre sa voix, plusieurs fois le jour. Puis en rentrant, un soir, je trouvai la soupe prête, la table mise. Puis il y eut encore d'autres soirs.

Et le feu flamba. Comme avant.

Je ne dévorais plus les films avec avidité, je m'arrêtais souvent, je regardais une fois, deux fois. Plus détendue, plus attentive, je découvris ce que le cinéaste avait à dire avec ce qu'il filmait et sur ce qu'il filmait. Il n'avait pas d'intention, pas d'autre motivation que de montrer des visages et de produire au moins cher. Mais dans ce contraignant cahier des charges, à travers lui et malgré lui, il y avait le métier d'un journaliste rompu à la prise d'images, mais, plus intéressant, plus riche, un homme dans sa totalité de vie et d'expériences. Et cet œil qui savait regarder n'arrêta pas, des semaines durant, de me parler.

Il y avait d'abord, permanente, presque obsédante, la présence du temps.

Ce n'était pas par hasard, ces raccourcis violents qui passaient des pieds tordus chaussés de charentaises, avançant en canard, à des talons aiguilles, des chevilles déliées, à la couture impeccablement droite d'un bas, à une série de souliers périlleusement hauts, sortis sur l'appui d'une fenêtre pour un nettoyage de printemps ;

d'un homme non point vieux mais adulte, au regard mélancolique, à l'affiche du Bébé Cadum ; des mains inactives sur une canne ou abandonnées au creux d'un tablier, marquées, usées, aux articulations épaissies par des milliers de gestes pénibles, d'eau glacée, de terre remuée, aux gestes efficaces du travail ou du jeu – cette fillette qui dessinait d'un seul trait le ciel de la marelle, cette autre, immobile, jouant près de son aïeule avec un faitout d'aluminium dans lequel elle transvasait un à un quelques haricots secs du pouce et de l'index avec tant de précision et de grâce, dans un halo angélique de cheveux fins. Pas par hasard si la caméra sautait sans arrêt de chevelures blanches et maigres, de chignons gros comme des noix, aux chevelures drues, aux tresses garnies de rubans, du feutre mat des chapeaux ornés de nœuds rigides roulés en antennes noires, aux serre-tête des petits béguins blancs. Impitoyablement on savait qu'aux dents de perles allaient succéder des bouches défaites, comme dans un accéléré de temps. Ce groupe de jeunes filles vêtues de clair, on comprenait qu'il deviendrait, et plus rapidement que l'on ne pouvait le croire, celui de vieilles assombries d'ans et de deuils. Au moment où je les regardais, ces teints unis au grain de velours n'existaient plus, comme ces étoiles mortes dont nous parvient encore la lumière.

Autant que les êtres, des pans entiers de société avaient sombré définitivement.

Michel Cans avait filmé, à son apogée, une vie religieuse intense et variée. L'entrée et surtout la sortie des messes, plus rassemblées dans le temps, étaient une constante des films. On voyait les porches crachant les habitants, toutes classes sociales et toutes classes d'âge confondues. On se disait : « Mais il y en a encore ! » Et toujours sortaient des groupes d'enfants, courant, volant comme des hirondelles, des demoiselles en chemisier strict et jupe plissée – je les voyais, bleu marine, ma mémoire n'arrêtait pas de colorier l'album –, des couples, des religieuses de Saint-Vincent-de-Paul coiffées d'une cornette comme d'un goéland déployé, portant autour du cou la collerette ronde immaculée de la tenue dominicale, sorte de plat de faïence où était offert le visage ailé, des jeunes gens, des jeunes filles endimanchés. L'arrivée solennelle du clergé clôturant le défilé, les acolytes, plusieurs vicaires dont la jeunesse, l'allure, les expressions sentaient encore le séminaire et ses contraintes. Il faudrait du temps avant qu'ils ne grimpent dans la hiérarchie et ne deviennent eux-mêmes curés, comme celui qui apparaissait enfin et, ne sachant que faire de significatif, bénissait la caméra.

Mais il n'y avait pas que la messe. Il y avait les processions de communiants et de communiantes derrière les clercs portant des candélabres et la croix. Ils chantaient avec conviction un chant inaudible. La procession du Saint-Sacrement allait par les rues avec les mêmes fidèles mêlés et nombreux. Parfois était présent un évêque – ou deux comme dans la procession à la grotte de Lourdes. Ma mémoire les teignait d'écarlate jusqu'aux chaussettes. Ils arrivaient et repartaient dans des voitures de princes.

Et pourtant, cette organisation ecclésiale qui paraissait si puissante, les mouvements de jeunesse, les catéchismes, ceux de la petite communion, ceux de la communion solennelle, le catéchisme de persévérance, le pain bénit – un arrêt sur image me permit de le voir pieusement tenu et grignoté –, les journaux chrétiens vendus à la sortie de la messe par des adolescents, cette Bonne Presse contre celle, laïque et communiste, pourrissant les mœurs, tout cela allait s'anéantir. Au point que Corpus, vicaire, clergeon, Cœur vaillant, Croisés de l'hostie, reposoir, ostensoir, bannette pleine de pétales de roses, vêpres,

140

renouvelants, ne diraient plus rien à personne et que les églises, soudain trop nombreuses et trop vastes, allaient devenir le repaire de quelques troupeaux de vieilles.

L'inauguration de la grotte de Lourdes de C. avait eu lieu en mai 1953 avant que ne commence une ruine que rien encore ne paraissait annoncer. Personne ne doutait et surtout pas l'évêque avec son énorme ventre barré de l'énorme ceinture à pans – tout cela violet –, ses bijoux pectoraux, croix et chaîne brillant dans la lumière, qui présentait son anneau à baiser.

Le curé du village avait acheté un terrain et fait reproduire en béton et presque grandeur nature la célèbre grotte – où était intégrée, un plan la montrait, une pierre de la vraie grotte, signalée par une pancarte – et tout à côté, en deux dimensions, le décor de montagnes et la triple église empilée, familiers à tout le monde. La séquence avait été filmée en couleurs mais le temps ou le transfert avaient décoloré la pellicule et vaguement, pâlement, du vert, du bleu apparaissaient dans le paysage théâtral et un peu de rouge sombre comme un sang ancien sur les vêtements du clergé et une sorte de brun sur les robes de toutes les fillettes déguisées en Bernadette. Une seule, en avant, incarnait la sainte et pour la messe s'agenouillait sur un prie-Dieu

141

près de la statue de la Vierge. Derrière elle, la multitude des Bernadette clonées marchait, capulet au vent.

Mais les processions en tous genres, surtout celles suivies par la presque totalité d'un village, vivaient leurs dernières années.

L'eau, omniprésente dans toutes les scènes de rue, il n'y en avait pas pour longtemps avant qu'elle ne soit enfermée dans des conduites invisibles et n'arrive dans l'intimité des maisons.

Au moment où je visionnais les films, c'était une évidence mais je pouvais m'émerveiller qu'un cinéaste, il y avait quarante ans, ait vu clairement ce qui était en train de s'abolir et nous ait conservé les multiples images du rapport à l'eau.

Elle circulait, coulait sans cesse à travers les rues, dans des seaux étamés, des brocs de fer ou de zinc mat, des pots émaillés et des cruches de terre, des tonneaux quand il s'agissait de préparer la bouillie bordelaise. Ces récipients allaient, venaient, on en sentait le poids au bout des bras. Parfois, à cause de son importance, la fontaine publique était un monument à becs entouré d'un bassin et surmonté d'une statue, parfois elle était bâtie en sous-sol et l'on y descendait par un large escalier. Apparaissait ici et là une fontaine annexe qu'il fallait actionner d'un bras en forme de queue de lion, ou bien un simple tuyau de grosse fonte préservé d'une murette menait l'eau au jour.

Un enfant buvait dans le creux de sa main. On s'y lavait les mains, un homme se frottait longuement les pieds et les mollets, une femme rinçait du petit linge. Sa façon de déplier la toile, de la retourner, de la rassembler dans ses mains, de l'étaler encore avant de la tordre pour l'essorer avait la parfaite beauté des gestes auxquels on est rompu.

Le lavoir, avatar de l'eau, était présent. Cans, en un panoramique, détaillait les opérations révolues : savonner, gratter avec la brosse de chiendent, battre avec le battoir. Le puits, aussi, souvent situé à la limite des villages, juste à l'orée des vignes. Un vigneron y descendait un fagot de boutures de sarments.

Si l'eau, à bout de bras, traversait les rues, y marchaient aussi les tinettes, ces seaux à couvercle pleins des déjections nocturnes. Les déchets humains jetés à la rivière ou déversés sur le fumier du jardin étaient tressés aux heures du matin. Infiniment humbles, vêtues de leurs plus mauvais tabliers, dans leurs souliers les plus éculés, têtes baissées, les femmes passaient très vite au ras des murs. A B., contre le mur d'enceinte du village, un beau mur qui faisait rempart et brillait, surexposé, la cohorte des vidangeuses, l'une derrière l'autre, partait vers la rivière, altières comme un chœur grec. Il fallait bien accomplir cette tâche. Le vent soulevait leur blouse boutonnée sur le devant et révélait un bout de combinaison.

Encore un peu de temps et c'en serait fini de ce rapport étroit, pénible et nécessaire aux choses élémentaires du vivre, eau propre et son contraire qu'elle purifiait : les scories de la vie.

Non que je le regrettasse, mais je louais le cinéaste d'avoir compris qu'il fallait le fixer. Cela et tout ce que l'on ne reverrait plus. Les livraisons en triporteur de l'épicerie Castan, le mouchoir posé sur la tête pour se protéger des premiers soleils, les galinettes des femmes les plus âgées, à longue, longue visière pour mettre le visage à l'abri du soleil. Elles étaient de l'époque où la peau brûlée – elles ne disaient pas bronzée – avait un sens social. Etaient blancs les riches, à l'abri de leurs maisons, noirs ceux qui travaillaient dehors. Une famille de pêcheurs, à Valras, près de leur cabane de bois installée sur le bord de la rivière, au plus près de leur barque, montrait des visages cuits et recuits de soleil, burinés, des visages d'Indiens. Dans les années cinquante, encore, on en était aux femmes très blanches.

Allumant la petite lampe du bureau, je notais. Rameaux ornés du dimanche précédant Pâques, souvent fabriqués artisanalement en enroulant autour du bois le papier d'argent des plaques de chocolat, en pendant des plumes et des œufs en sucre, translucides, chevaux dont la caméra avait détaillé le protège-oreilles en tissu à damiers, le protège-yeux — mieux protégées des insectes, les bêtes, que les ouvriers qui les suivaient —, la beauté des croupes de ces puissants animaux, des muscles qui roulaient sous la robe luisante de santé. Un de ces mêmes chevaux de trait que son propriétaire rasait soigneusement, en quinconce, pour le corso et tout le pelage était marqueté. Portes mi-parties, bois plein au bas, moustiquaires en haut. Nettoyage au matin du ruisseau central : la balayeuse en espadrilles et socquettes se retourne brusquement, farouche et superbe. Ne serait-on pas en Italie ? Pêcheurs occupés à leur cuisine de goudron pour colmater le bateau. L'un d'eux, torse nu, est tout tatoué de goélettes et d'ancres marines. Epingle à linge au bas du pantalon pour le préserver de la chaîne graisseuse du vélo. Réservoir à bretelles porté sur le dos pour sulfater la vigne.

Cans, le nom signifie bord, limite, lisière. C'est bien la lisière qu'il filmait, celle d'un monde qui fondait dans l'ombre.

Dans ce monde-là il y avait des vêtements qui avaient traversé les années pour n'achever leur usage qu'à bout d'usure extrême. On savait qu'on les avait fait « durer » parce que robes, vestes et manteaux bridaient les ventres et les poitrines. Ils étaient passés du dimanche à la semaine, mais pour commencer, aux moments de la semaine où l'on veut être propre. De soigneuses reprises, un galon pour allonger une jupe, un bord d'encolure renforcé d'un feston, une boutonnière consolidée d'un surjet, des tricots à rayures pour utiliser de vieilles laines, parlaient des astuces pour donner une deuxième et digne vie au vêtement. Ensuite on les mettait pour exécuter des travaux salissants – jardin, gros nettoyages – et là on les réparait vaille que vaille ; on n'en était plus à l'élégance, comme en témoignaient ces fonds de culotte rapiécés d'un tissu de couleur différente, ces pantalons dont on avait changé le bas de jambe, des genoux aux chevilles, sans s'occuper des couleurs. Encore

146

remettait-on un bouton, mais dépareillé. Et puis, quand ce n'était plus la peine de passer du temps à coudre, c'étaient des boutonnières éclatées, des trous, des bordures effilochées. Les ouvriers agricoles portaient des vestes de velours luisant d'usure. Les corps des plus modestes dans les scènes de rue étalaient ces efforts au quotidien d'économie, ces émouvants essais pour survivre au mieux, dignement. Le dimanche, par contre, l'on sortait paré, lissé, sans un faux pli.

Comme leurs mains, comme la cuisine bourgeoise, les vêtements des plus riches n'avaient pas la même épaisseur de vie. Ceux-ci se contentaient d'être beaux, bien vêtus, ornés de bijoux et leurs traits étaient lisses comme ceux des artistes sur la couverture de *Ciné-Revue*. Piquées sur le bord du tablier, les épingles et les aiguilles, insignes de la condition sociale, elles, me bouleversaient.

Partout – tous les ensembles des garçonnets, les gilets, les écharpes, les cache-cœur des fillettes et des bébés – omniprésent, ce travail du tricot. Quelques tricoteuses aussi, s'activant des quatre aiguilles.

J'arrêtai longuement sur une main glissant un œuf de bois dans une chaussette afin d'en repriser le talon commodément. Je tâtonnai afin de trouver la seconde précise, celle où l'on voyait le mieux l'œuf et son sillon – si lisse, l'œuf de buis –, le geste des mains, mais aussi la chaussette tricotée. Ma grand-mère exécutait à mon intention – pour le dimanche – les mêmes chefs-d'œuvre à torsades avec un rebord garni de trou-trous pour y loger l'élastique.

Je repassai encore la séquence, puis avec la manette de la marche arrière, j'enfonçai à nouveau toutes ces pratiques dans la nuit des temps où elles étaient désormais.

Le cinéaste aimait montrer des fratries ou des familles. On lisait alors à livre ouvert – et c'était parfois hallucinant – dans le jeu de l'hérédité. La communiante, ses quatre frères et sœur, le père qui les photographiait avaient le même nez long tombant sur la bouche ; deux frères les mêmes oreilles décollées et les yeux enfoncés. Le visage d'un homme était marqué des cicatrices de l'acné juvénile, en multiples cratères lunaires miniatures, et l'on se disait que le garçonnet aux joues veloutées qui lui ressemblait serait un jour pareillement estampillé. Ce teint pâle et fragile de blond ou de roux léger, chez le père, s'était indélébilement taché, d'été en été. Il en serait de même de sa fille. Des cheveux très fins, presque impalpables, annonçaient déjà la calvitie des parents et cette mère, qui avait paré sa fillette pour la circonstance de quatre nœuds dans les cheveux, lui avait mis son plus beau tablier au volant festonné, était-elle consciente de lui avoir légué ces joues lourdes, ce menton fuyant, ce visage dissymétrique, elle qui la poussait fièrement en avant ? Mais ailleurs, il y avait deux sœurs et ce mystère d'éléments semblables qui créaient chez l'une la beauté, chez l'autre la disgrâce.

Immémoriale, renée à chaque génération, ici ou là la beauté arrêtait Michel Cans. Il la voyait, la débusquait même chez ceux que personne n'aurait pensé à trouver beaux, à même regarder. Les vieux – la femme dont les tresses épaisses à peine blanchies par l'âge s'enroulaient autour de la tête, ce visage aux traits réguliers, au vaste regard grave, à peine ridé, ce cou imperceptiblement redressé au moment où elle s'apercevait qu'on la filmait, altière, en train de descendre la rue après la grand-messe, avec l'assurance tranquille d'une souveraine –, certain ouvrier agricole qui malgré ses vêtements déchirés, ses pieds nus dans les souliers, était peut-être un dieu en visite.

La caméra s'arrêtait sur la beauté en un plan

statique qui durait brièvement – une seconde d'éternité. Dans un groupe, elle élisait l'enfant aux yeux de fellayine, une chevelure déployée, longue jusqu'aux reins, deux femmes d'âge mûr, des sœurs sûrement aux mêmes teints de marbre dur et aux yeux immenses et clairs, un vieillard dans sa cape. Et c'était comme une photographie que le cinéaste s'amusait à prolonger jusqu'à ce que les sujets perdent contenance.

Transplanétaires, transtemporels étaient les jeux d'enfants, marelles, billes, dînettes, grimaces, immémoriales les étreintes des parents et des enfants tout petits. Revenaient souvent ces refus de se laisser filmer. La violence du recul devant l'indiscrétion de la caméra, qui paraissait d'une indécence folle. Il s'agissait surtout de femmes. Les hommes au contraire n'hésitaient pas à paraître ridicules. On baptisait l'un d'eux au champagne dans un groupe, une main par-derrière faisait les cornes – comme dans l'enfance –, un autre poussait tout le monde pour montrer en premier plan son visage de Popeye, celui qui se frottait vigoureusement les pieds et les mollets sous l'eau de la fontaine riait à pleine bouche et agitait des orteils larges et poilus. Deux hommes déguisés en couple, pour le Carnaval, s'embrassaient et se pelotaient audacieusement.

150

Il m'était impossible, même en n'étant attentive qu'à ce que je voyais, même en ne songeant qu'à l'homme présent dans cette caverne aux trésors qu'étaient les soixante films du Centre, de ne pas reconnaître au passage tout ce qui ne venait que de moi, d'émotions, de souvenirs, et qui en permanence interférait. Ces précieux reflets d'écume, intelligents, savants, étaient désormais nourris de moi.

En partant de l'Aveyron, le matin, pour me rendre au Centre, dès que je quittais les montagnes et me retrouvais dans la plaine qui au loin s'achevait en mourant sur le sable de la mer, j'éprouvais une déchirure très douce. L'ordre militaire des vignes, la garrigue qui les cernait, le printemps précoce ou la nudité de l'hiver que j'allais retrouver dans les vidéos, c'était le cadre paternel.

Un jour, je regardais une fois de plus le film sur Villespassan, arriva, en face de moi, fusil sur le bras, un chasseur. Il traversait une vigne. C'était cet homme dont le bas du pantalon avait été changé, des genoux aux chevilles, et remplacé par un tissu plus clair. On aurait dit qu'il portait des bottes. Je vis une ficelle à la place de la ceinture et je souris car la chasse n'est ni le lieu des vêtements neufs ni celui de l'élégance. Mais en regardant mieux, je dus me rendre à l'évidence : il n'y avait pas de ficelle. J'avais logé dans ce passé enfui et sauvé celle que mon père nouait autour de sa taille. Et je compris brusquement pourquoi j'avais quitté le bas Languedoc sans regrets. Sans l'acteur principal, tout ce décor de vignobles et de montagnes sauvages ne m'était plus rien. Que ma mémoire le caressât était suffisant. De même les embouchures des rivières. Je sus pourquoi je n'allais plus m'y promener, pourquoi non plus je ne voulais plus manger une friture d'ablettes.

Je revins au film sur Valras. Il me semblait entendre les roseaux dans le vent à travers *La Valse*. A voir les moulinets et les cannes des pêcheurs du dimanche, la toile de jute qu'ils tremperaient dans l'eau de mer pour garder le poisson frais, je sentis la petite plie, le poisson sans écailles, lisse dans ma main, je crus goûter à la chair blanche. Je savais désormais pourquoi je n'en achetais plus aux étals des poissonniers. Elles étaient nourritures sacrées, comme les ablettes si brillantes dans les poignées d'herbes, et l'on ne consomme, ni n'importe quand ni n'importe comment, ce que l'on porte en soi de plus précieux.

Certains films avaient été tournés alors que j'étais présente à la manifestation, et j'étais tout excitée à l'idée de m'y voir. Mais je me cherchai en vain au carnaval de Laurens. J'en trouvais l'explication dans les dates. Certes j'y étais venue, mais peut-être une autre année.

Par contre, j'étais certaine d'être dans la foule à l'inauguration de la grotte de Lourdes. Le père d'une amie de ma sœur nous y avait amenées toutes les trois. L'événement ne s'était produit qu'une fois. Je reconnus tout, la kyrielle des Bernadette, les feuillages agités par un vent débridé, mais même en allant lentement je ne me découvris pas. L'Histoire n'avait retenu ni ma sœur, ni son amie, ni moi-même. Comme tous ceux de ma lignée qui, n'apparaissant ni dans les compoix ni dans les actes notariés, les comptes rendus des assemblées politiques ou les rayons de bibliothèques ou les musées, étaient transparents, à la grotte j'étais moi-même transparente. J'avais été le tissu anonyme des événements.

A force de manipuler les boutons de la manette, je trouvai le moyen d'aller d'image en image. Je revins ainsi sur plusieurs séquences que je pus détailler au plus juste : l'œuf de bois et les chaussettes que l'on reprisait, le prix des denrées à l'épicerie – pommes de terre, 4 kg : 100 F ; lapins : 300 F le kg –, le crêpe de deuil au revers d'une veste, le pain bénit. Et surtout la sortie de la messe de Paulhan où j'avais retrouvé ma cousine. Je ne m'attendais pas à la voir, elle n'habitait pas le village. Elle était déjà morte depuis bientôt dix ans, celle avec laquelle j'avais partagé les jeux de l'enfance et les confidences de l'adolescence, les premières discussions et l'étude du ciel. Elle était là, le visage recueilli dans l'ombre du porche d'abord puis dans la lumière. C'était elle avant toute dégradation de la maladie.

D'une image à l'autre, la machine faisait : tic, vrai comptage du temps. Mais ce tic, tic, tic n'était pas son écoulement inexorable. A volonté je revenais en arrière, la reculais dans l'église et la faisais ressortir en la tenant vraiment par la main. Elle naissait, mourait et renaissait et sa disparition de ma vie devenait moins définitive.

Ma mémoire, je m'en aperçus au fil des mois, fonctionnait comme ces films. Inépuisable, pleine d'amorces d'anecdotes brutalement tronquées. Des heures, des instants se déroulaient en moi avec une précision aussi fine que l'avancée d'image en image. Puis il m'était impossible de continuer.

Qu'y avait-il en cette fin d'après-midi où je vois la lueur du feu, les dessins et les couleurs du plastique adhésif que je suis en train de coller sur un coffre à jouets ? Devant et après qu'y avait-il pour rendre cette heure ineffable ?

Un sol de mosaïque que je suis en train de nettoyer parce que les peintres-tapissiers l'ont laissé très sale. Je pleure sur mon balai-brosse. Mais que s'est-il passé pour dénouer en moi la peur et le chagrin ?

Avec ma sœur nous avançons sur le lé au bord du canal du Midi. C'est une promenade entreprise cent fois. C'est l'hiver, c'est sûr car, dans l'eau opaque, se reproduit comme dans l'étain d'un miroir l'écriture des branches nues. Je m'amuse à mettre la tête entre les jambes et le reflet est si parfait que le monde n'est même pas à l'envers et que j'éprouve un étrange vertige. Mais c'était quand, dans notre vie, ce mouvement de me pencher vers mes jambes écartées comme lorsque je jouais à la marelle ? Nos parents sont-ils morts ? Quel âge ont nos enfants ? Nous marchons en nous infiltrant dans cette mince pellicule entre haut et bas et nous parlons inépuisablement à bouche remuante et muette dont je ne saurai jamais les mots.

Ma mémoire n'était ni plus logique ni plus fidèle, mais aussi riche que ces séquences accolées les unes aux autres, ces scènes de rues, ces morceaux de vie.

Gabriel, dans la salle de sciences, sort un, deux livres de son cartable au cuir patiné et râpé. Un cuir d'usage pour un cartable d'homme. Il va nous faire la lecture. Trois fois l'an peut-être, il consacre un moment – une heure ? – à cela. Nous écoutons. Il ne commente pas. Avec les textes qu'il a choisis, il fouille en nous pour y précipiter des choses inconnues. La chevelure flamboyante d'Adèle touchée par le soleil envoie son reflet au plafond. Au bord de ce précipice qui nous sépare de l'âge adulte, il prépare des passerelles, il nous rend certaines qu'il existe des moyens d'aller au-dessus de tous les vertiges.

J'ai oublié les textes. Si je vois les signets avec lesquels il a marqué les pages, le titre est blanc. Il n'y a que sa main. C'est la main des archanges des peintures médiévales, large parce qu'elle désigne, vers le haut, une chose visible seulement des élus.

C'est ainsi que je revins dans les temps ordinaires. Il m'arriva d'oublier de longues heures ce fil dont j'avais peur qu'il ne cassât, cette pile dont je craignais que la charge fût épuisée, cette jambe ouverte de haut en bas pour prélever un morceau de veine à laquelle on avait fait jouer le rôle d'artère. Les angoisses s'affaiblissaient.

C'est cela, revenir à l'ordinaire, on ne peut vivre sans cesse dans les aveuglantes certitudes de la vie et de la mort. Il faut bien qu'elles s'apaisent et que l'on retourne au temps mesuré des jours qui passent en glissant, égaux, où nous mènent des rênes invisibles et des repères banals et forts.

Les enfants reprirent leur place d'enfants, nous la place de parents.

Nous revînmes cueillir les salades sauvages et, les temps ordinaires devenant de plus en plus ordinaires, ce furent les jeunes pousses grimpantes mouillées de sève gluante des houblons, des bryones, des tamiers et du petit houx. Elles s'échelonnaient avec la montée de la lumière et mesuraient un temps qui nous reprenait dans sa course.

Gabriel aussi devait rejoindre les jours ordinaires. Je l'invitai chez nous. Au murmure à travers l'espace et le temps qui nous avait liés se substitua la conversation.

Nous lui montrâmes nos richesses du quotidien, ce qui était luxe à portée de la main chaque matin. La palette de roses de l'argile – du vineux au rose doux –, la clarté de la pleine lune qui mettait sur les prés des ombres aussi marquées que celles du plein jour, les chemins des statues-menhirs, debout et muettes, le silence et, le soir, le chant des crapauds siffleurs réveillés.

C'était ma façon de lui dire : « C'est ma vie, c'est notre vie. » Il était l'homme des jours blancs mais il viendrait nous rejoindre. Il poserait la main sur mon épaule et, devant tous, je pourrais lui dire que je l'aimais.

Le 21 mars, ponctuel, le printemps éclata. C'était la sortie définitive du sas lumineux de l'année blanche.

Le dernier film que je vis était consacré à l'un de ces premiers voyages des nouveaux retraités, plus pourvus que les vieux d'autrefois et qui purent voyager. Un car était arrêté sur la plage entre Agde et Sète. C'était l'hiver. Il n'y avait qu'eux et le gros car dans l'horizontalité du paysage.

A leur immobilité on comprend qu'ils n'ont jamais vu la mer. Puis une agitation joyeuse s'empare d'eux. Ils se déchaussent, avancent jusqu'au ras des vagues, les hommes le bas du pantalon retourné, les femmes relevant leur jupe. Ils se baissent, ramassent des coquillages, des cailloux, se les montrent, se hèlent silencieusement, en remplissent leurs poches.

L'horizon dessine finement l'arc d'une circonférence qui va se perdre très loin derrière eux.

Alors, tout contre la mer, les voyageurs se rassemblent, forment une ronde et se mettent à tourner. Ils décrivent un petit cercle, tangent à celui de la plage, cercle près du cercle de l'eau, du cercle de l'horizon, cercle dans l'hémisphère du ciel pâle, dans l'hypersphère du temps où nous logeons avec la mère des jours aux deux visages interchangeables, si nue sous son armure d'or.

Composition réalisée par IGS-CP

Imprimé en France sur Presse Offset par

BRODARD & TAUPIN

GROUPE CPI

La Flèche (Sarthe).
N° d'imprimeur : 30972 – Dépôt légal Éditeur : 61547-09/2005
Édition 1
LIBRAIRIE GÉNÉRALE FRANÇAISE – 31, rue de Fleurus – 75278 Paris cedex 06.

ISBN : 2 - 253 - 11456 - 1   ⟡ 31/1456/8